INNAN BRON
En Malmöberättelse

BO LUNDBERG

INNAN BRON
En Malmöberättelse

Ny utgåva

Innan Bron
© 2024 Bo Lundberg
Omslag, Bilder och Formgivning av Författaren
Typsnitt: Gentium Book Plus
Förlag: BoD – Books on Demand, Stockholm, Sverige
Tryck: BoD – Books on Demand, Norderstedt, Tyskland
Detta verk är skyddat av upphovsrättslagen
All kopiering är förbjuden
Alla likheter med faktiska händelser, eller personer,
levande eller döda, är helt slumpmässiga.
ISBN: 978-91-8057-683-3

Stranden

E n av dessa rastlösa mornar, driven av oro ur säng-
en och ur hemmet parkerade Torgny sin cykel vid
Ribersborgs kallbadhus nästan en timme innan de öpp-
nade. Den fanns där fortfarande, oron, som en svag flås-
ning i nacken när han nu utan dröjsmål började gå mot
T-bryggan. Det var tidig höst men fritidsförvaltning-
en hade redan hunnit rulla in bryggans gångmattor,
nu kunde Torgny studera havsbotten genom de breda
springorna i bryggans trädäck.

Smygtitta på havet, som på utedasset när han var
pojke. Hon onanerade, han visste aldrig vem hon var,
vågade inte komma fram och se efter. Han blev sittan-
de kvar där länge efter, tretton år och mycket upphet-
sad. Femtio år hade gått sen den händelsen och ändå
behövdes bara dessa glesa gångbrädor för att väcka
minnet till liv. Vissa minnesfåror plöjs djupt redan från
första stund, vissa så djupt att de förblir livet ut. Så var
det med denna anonyma kvinna där på dasset. Minnet
av en anonym onaniscen med hela dess illusoriska

kraft, magin hos en inbillad kvinna, ja, hon var i och för sig högst verklig där hon satt, med ändan nersjunken i hålet och med snabba fingrar bearbetande sin klitoris, men vem var hon? Vad hade framkallat detta, tillsynes plötsliga, behov hos henne? De enda svaren som stod till buds var de han själv levererade och de var alla så underbart problemfria. Ett outplånligt minne utan andra problem än det att han alltid skulle ångra att han inte vågade kliva fram och se efter vem hon var.

Torgny slog sig ner på den slitna bänken längst bastuväggen, där värmde solen. Medan bryggan och stranden låg nästan öde var aktiviteten ute i sundet påfallande, snabbåtarna ritade sina vita skumstreck över det svarta vattnet, Svanen, den enorma pontonkranen som transporterade element från brofabriken i Norra Hamnen ut till brobygget, gled fram längst strandlinjen, utan synbara svallvågor var dess rörelse genom vattnet omärklig och plötsligt blev bilden av en gigantisk mekanisk svan väldigt tydlig. Även luften ovanför uppvisade en febril aktivitet. Mot bakgrunden av det brant lutande pärlband av flygplan, som i spiral sträckte sig upp från Kastrup, blev helikopterpendeln till en jäktad Sisyfos, ständigt på väg, fram och åter. Han hade just läst en artikel i Newsweek om massturismens miljöpåverkan. Med den i klart minne förvandlades scenen framför honom till en myrstack av flygplan, helikoptrar och snabbåtar, alla utsöndrande mängder av oförbrända kolväten till atmosfären, i sin iver att förflytta människor från och till olika platser.

Stranden, den del han kunde se från sin avskärmade plats, låg ovanligt tom denna förmiddag. Han såg en lång man i övre medelåldern, klädd i äppelknyckarbyxor och grön oljerock, i sällskap av en stor långhårig hund av en för honom okänd ras, Torgny visste inget om hundraser, han hade aldrig gillat hundar. Mannens klädsel, hunden och den plats de befann sig på, allt tydde på att han var ute på promenad med sin hund, men hans snabba målmedvetna gång sade något annat: Det var som om han var på väg till något, något viktigare, gick som om tiden var emot honom. Två joggare rörde sig in mot stan, iklädda den obligatoriska joggingutrustningen sprang de båda, sida vid sida, sammanbitna. Rörelse som ett sätt att avleda tankarna? Det hade Torgny aldrig riktigt förstått, visst försökte även han avleda tankarna, få något annat att tänka på, men det var ju genom strandens rogivande förmåga. Alla de människor han nu såg tycktes ju bara vara på väg till något annat. Eller försökte de bara fly sig själva?

På väg tillbaka mot Kallis dominerades horisonten av Kockums-kranen och ännu en gång önskade Torgny att den vore borta. Där den stod stilla och oanvänd sedan flera år, hade den mer än något annat kommit att bli en symbol för stagnationen, Malmös mest kända landmärke, javisst, men också en relik från stadens glansdagar, som i frånvaro av det andra, det nya, andades sorg — inte stolthet. Det var först när skuggan av denna kran försvann som det skulle kunna falla ett nytt och positivt ljus över Malmö, dess siluett blev nu bara till ett minne av 70-talet, det 70-tal då så många Malmöbor blivit arbetslösa och staden krympte.

Under något deccenium hade staden helt förändrats. Ena dan var det tusentals som cyklade till sina industrijobb, västerut till Kockums eller Tobaksmonopolet, söderut till Strumpfabriken eller österut till Addo, nästa dag var alla fabrikerna stängda. Det var då Torgny förvandlades från yrkesarbetare till arbetslös och arbetslös hade han nog varit än idag om han försökt finna ett nytt jobb som maskinreparatör, sådana hade ingen behövt i Malmö de senaste tjugo åren.

Det var Marek som kom att forma hans framtid, fast det visste han inte då. Marek, en kille som han egentligen aldrig hade något gemensamt med, inte mer än att han var den som var gift med syrran och behövde hjälp i baren. När Marek först kom med förslaget verkade det helt orealistiskt, men så blev det. När sen syrran stack med den där bilhandlaren från Göteborg blev Marek först helt vild, hade dom inte hejdat honom hade han nog slagit sönder hela stället, därefter sjönk han ner i apati, det gick veckor utan att man hörde honom yttra ett ord. En dag kom han bara

4

in och berättade att han sålt stället och tänkte återvända till Jugoslavien. Den nye ägaren skulle bygga om till pizzeria och behövde inget folk. Med krogvana var det dock ingen svårighet för Torgny att hitta nytt jobb, det var 80-tal och det öppnades nya krogar nästan varje vecka. Maskinreparatören blev bartender och på den vägen är det. Men för Torgny var det något som inte stämde när man kan fylla stan med krogar och krogpersonal men inte behövde en enda maskinreparatör. Kan ett samhälle verkligen i längden gå runt på att människor dricker öl?

Sommarträngseln hade börjat avta och bastun var halvtom. Några bekanta ansikten upptäckte Torgny, de som tycktes sitta där närhelst han kom dit. Det var ett gäng som han i tysthet hade döpt till kverulanterna då deras ändlösa samtal ständigt tycktes utmynna i en och samma slutsats: Allt var bättre förr. Förutom kverulanterna fanns det bara tre personer i bastun. Den ene föreställde sig Torgny som svartklädd överårig rockmusiker, utan kläder var han bara en långhårig medelålders man med ringar i öronen. De andra två, yngre, mer anonyma, satt båda på översta raden till synes utan kontakt med varann. Torgny klättrade upp dit och slog sig ner bredvid vad som verkade vara en man i trettioårsåldern av arabiskt eller indiskt ursprung. Besökarna i bastun hade under de senaste tio åren genomgått en stor förändring, den ursprungligen mycket homogena gruppen löstes upp på 80-talet. Det var då kallbadhuset fick kultstatus

5

och ett decennium senare kom invandrarna. På raden framför pågick ett livligt samtal om huruvida det senaste vallöftet till pensionärerna hade infriats eller ej. Axel, en 78-årig före detta lokförare, hävdade bestämt att sossarna ljugit angående pensionärernas ekonomiska kompensation för de höjda skatterna. Att pensionärerna fått det sämre höll alla med om, disputen gällde huruvida det avgivits några löften som inte infriats.

"Det är nog ofrånkomligt att politiker måste göra utfästelser vilka inte alltid kommer att kunna infrias, men det blir fel när de ger utfästelser som de vet är falska."

Torgny vände sig med viss förvåning mot sin granne som oväntat blandat sig i samtalet. Det tillhörde inte vanligheterna att yngre invandrare blandade sig i kverulanternas diskussioner. Hans brytningfria svenska tydde på att han var andra generationens invandrare eller adopterad. Det blev tyst i raden framför, vilket också var ovanligt, detta fick i sin tur Torgny att yttra sig, en tredje ovanlighet.

"Jag är inte säker på att jag förstår hur du menar. Om givna löften inte infrias blir de väl falska?"

"Jo, men det är skillnad på en ärlig avsiktsförklaring och en medveten desinformation."

"Det vore bra med ett exempel."

"Ta löftet om fri sjukvård som exempel. I takt med att de sociala omständigheterna förändrats har en växande diskrepans uppstått mellan löftet och verkligheten. Den "fria sjukvården" är inte längre fri samtidigt som den blivit alltmer otillgänglig. Allt detta har politikerna länge känt till, trots det har de fortsatt lova en ständigt förbättrad sjukvård för alla."

"Menar du att de skulle kunnat förhindra dagens kris inom sjukvården? Förresten läste jag en artikel där det hävdades att sjukvårdskrisen inte i första hand beror på dålig ekonomi utan mer på dålig organisation."

"Det tror jag stämmer. På MAS har inte patientunderlaget genomgått någon större ökning de senaste tjugofem åren, medan personalen under samma tid utökats avsevärt, trots detta har personalen fått en alltmer pressad arbetssituation samtidigt som patienterna upplevt en försämring. Det kan ju förefalla paradoxalt, men jag såg någonstans att ett vanligt benbrott kräver ifyllande av totalt 84 olika blanketter, jag tror att en noggrann genomgång av de samlade resurserna för hanteringen av alla dessa blanketter skulle förklara en del av orsakerna bakom denna paradox. Sjukvårdspolitikerna är naturligtvis medvetna om dessa organisatoriska brister, också att ett uppbrutet monopol vore en möjlig väg att lätta på bördan, men de undviker att agera då privatisering anses strida mot tidigare utfästelser, i stället väljer man att ljuga om problemets orsaker." Nu blandade sig flera av kverulanterna i samtalet och Torgny tyckte sig märka en ovanlig samsyn bland dessa, nu tycktes plötsligt alla vilja försvara inte bara den svenska sjukvården men även den svenska politiken. Den unge mannen hade tydligen trampat på en öm tå.

Torgny valde att lämna bastun och diskussionen till förmån för ett höstkyligt Öresund. Efter ett snabbt dopp lade han sig på bryggan, i lä för vinden, och lät sig torkas av den värmande solen. Bastubesök brukade hjälpa de dagar då ångesten trängde sig på, men inte idag, samtalet i bastun hade väckt illusionslösheten till liv. Att höra gamla Malmöbor, tillsynes utan tvekan, ifrågasätta sina framtida möjligheter till pension och sjukvård, en befogad misstro kanske, men förvandlad till allmän uppfattning upplevde han det som en självuppfyllande profetia. Det var inte det allmänna gnällandet, det hade han hört förr, nej, här tyckte han sig se en djupare mer genuin misstro. Den fick honom att känna sig kall inombords, trots de värmande solstrålarna. Han tänkte på vad Emil Cioran, den rumänske filosofen, påpekade i en av sina syllogismer: "Ett samhälle står och faller med dess innevånares syften, när dessa syften reduceras till ett monomant ägnande åt sin egen fortlevnad då finns inte längre någon grund för ett civiliserat samhälle." Vilka syften hade man här i stan? Torgny försökte jaga bort olusten genom att börja tänka på den spanska solkusten och fantisera om livet i hängmattan efter pensionen, en dröm han haft i mer än tio år nu. Det var när man började tala om Malmö som kulturstad som han bestämde sig. Nu var inte fotboll och operett fint nog, upplevdes ge fel framtoning, nu skulle den samtida kulturen lyftas fram — i postmodern anda — från Lehàr och höstsalongen till Beckett och poststrukturalismen över en natt. Egentligen var det inte då, inte direkt, först såg han det bara som ett politiskt utspel, inte förren han märkte att många verkligen trodde på denna stadens transfiguration som han kände att han ville härifrån.

*

Han kunde inte förstå hur han kunde sväva fritt, i ett tomrum, som innesluten i något, som en hinna. Vart han såg, denna hinna, det var som en stor bubbla där han själv befann sig i centrum, men vad höll honom på plats? En bubbla av tvivel! Hur fan kan en bubbla bestå av tvivel? Där ute var alla andra, till och med Ohlsson, som gav honom stryk när han bara var fjorton år och lärling, men var inte han död? Alla dessa bekanta kvinnoansikten, men de tycktes totalt ignorera honom. Han vinkade till Angelica men inte heller hon tycktes se honom. Alla han kände igen verkade så upptagna, medan andra syntes tala till honom som om bubblan inte fanns. Han visste inte om de kunde höra honom eller om han sade något, själv hade han svårt att uppfatta deras röster, de var så långt borta. Det blev natt och alla försvann och det ljusnade, det blev dag och människomyllret återvände, tillsammans med mörkret.

*

9

Förvirrat tittade Torgny upp. Slummern kan inte ha varat någon längre tid, en kort men märklig dröm ur vilken han inte riktigt förmådde vakna upp. Det var först på väg mot cykeln som han kom till medvetande om omgivningen och upptäckte att han inte hade en aning om vad klockan var. Återigen saknade han sin klocka, den hade varit på lagning nu i snart två veckor, han kände sig naken utan klocka, den billiga reservklocka han först köpt hade han lämnat tillbaka, den var för anskrämlig, han kunde inte ha den. Nu frågade han en förbipasserande och fick veta att klockan var halv två. Kanske var den klar idag? Torgny bestämde sig för att cykla till urmakaren på väg hem.

I Slottsparken hade någon — Tydligen under natten — slagit sönder hela stenbarriären ut mot stora dammen. Han stannade för att beskåda förödelsen, allt var jämnat med marken. Det måste ha krävts verktyg och flera timmars arbete att rasera hela barriären. Förstörelse var inget nytt, men i denna omfattning? Han kände sig förundrad, detta måste ju ha föregåtts av planering och organisation, vem gör något sådant och med vilket syfte? Många förbipasserande stannade upp, det oväntade, den skarpa kontrasten mot den ordnade och rofyllda omgivningen, tycktes inte lämna någon oberörd, den våldsamma brutalitet som avspeglades här skapade en nästan fysisk disharmoni mot den omgivande parken.

Just som han vände sin cykel för att fortsätta bromsade en cyklist in framför honom. Han hade så när ropat hej, han hade utropet på läpparna, men hejdade sig i sista stund, det var inte Angelica, det fanns kanske vissa likheter, i ålder och längd, men inte annars. "Är det så länge sen jag såg min dotter att jag inte längre känner igen henne?" tänkte han. Detta var förstås inte sant, men blotta tanken väckte obehag och dåligt samvete. Nu kändes det som en evighet sedan han senast pratade med henne, allt han visste var de av känslor färgade berättelser hennes mor serverade via telefon, så hade det varit de senaste tio åren.

När Angelica kom i puberteten hade han fått uppleva hur förhållandet mellan honom och dottern fördjupats, för första gången sedan separationen, tolv år tidigare kände han inte längre dåligt samvete när han tänkte på sin dotter. Medveten om att Angelicas reaktion i mycket var ett sätt för henne att bryta upp sina starka bindningar till Gunilla, utnyttjade han situationen för att bygga upp det dittills saknade förhållandet. I gengäld fick han nu stå ut med ständiga och gnälliga telefonsamtal från Gunilla, en börda som i ljuset av den förbättrade relationen till Angelica kändes lätt att bära. Gunilla kände sig övergiven och var rädd att förlora dottern, men insåg inte att det var hennes egen negativa reaktion som blev till hennes värsta fiende. Relationerna mellan mor och dotter blev stadigt sämre, för att slutligen avbrytas när

Angelica flyttade hemifrån. Vad som sedan fick henne att mer eller mindre bryta kontakten även med honom förstod han aldrig, hennes förklaring att han alltid tog Gunillas parti var inget annat än ett svepskäl, det visste han. Enligt Gunilla var det den där pojken som flyttade in hos Angelica, Torgny hade glömt vad han hette, som övertalat henne att bryta med föräldrarna. När så pojken inte blev långvarig tyckte han att det argumentet föll, men för Gunilla kom det andra pojkar som kunde antas öva dåligt inflytande på dottern. Efter att först ha saknat henne under många år och sedan se henne försvinna igen, var svårt, det tog tid att acceptera. Att tvingas distansera sig blev till en tung börda, en tyngd som blev som mest kännbar vid deras kontakter med följd att han träffade dottern allt mindre. På väg på cykeln mot Triangeln försökte Torgny dra sig till minnes deras senaste möte, det måste vara två år sen, kanske mer. När han försökte minnas hur hon varit då blandades minnesbilderna ihop med senare beskrivningar han fått från Gunilla.

Hon hade flyttat ihop med, vad Gunilla med ohöljt ogillande beskrev som, en äldre man, det visste han, men kunde inte komma ihåg när han fått veta detta. Var det efter det han senast såg henne? Nu kunde han bara minas att han inte orkat höra på Gunillas tillgjorda förfäran... Ibland orkade han bara inte med sin före detta fru. Hur kunde han nu hjälpa Angelica när han inte ens kände problemet, bara såg dess konsekvenser, och när han dessutom ansågs vara en del av själva problemet? Det var väl okej att överreagera mot föräldrarna, men skulle det aldrig ta slut? Han måste få träffa henne, inte bara på telefon, få tid att sitta ner och prata med henne.

Angelica

H on hade bestämt sig för ett sundare liv, det var därför hon satt med en kopp örtte denna morgon. Som typisk kvällsmänniska hade hon alltid haft ett behov av kaffe för att komma igång på morgonen och just denna morgon kändes kaffet nödvändigare än någonsin. Hon förbannade sin dåliga karaktär, det var medvetandet om denna som fått henne att inte köpa hem nytt kaffe då det gamla tog slut. Hon kände att detta var en viktig dag, i dag ville hon vara fräsch både till det inre och yttre då det var första dagen på det nya jobbet. Efter att ha harvat runt på olika vikariat de senaste åren kändes det bra med ett riktigt jobb, ett som hon dessutom fixat själv, ja, egentligen var det nog snarare ödet som gripit in, tänkte Angelica.

I färd med att köpa julklappar hade hon stött ihop med Kerstin på ett varuhus. De hade lärt känna varann under en kurs i idé-och lärdomshistoria, Kerstin var gift och tio år äldre än Angelica, men de hade genast funnit varann och utvecklat en ganska nära vänskap.

Med så olika social situation blev det emellertid inte mycket kvar av deras samvaro efter kursen och när de nu möttes på varuhuset hade det gått fem år sedan de senast sågs. Kerstin berättade att hon var nyskild. Hon verkade forcerad på ett sätt som Angelica inte kände igen, som hon mindes Kerstin var denna inte så intresserad av uteliv, men nu var det endast tack vare Kerstins påstridighet som det blev bestämt att de skulle gå ut tillsammans efter julhelgen.

Kerstin hade velat att de skulle träffas hemma hos henne. "Så att vi kan prata lite om allt som hänt", som hon sade. Kerstin bjöd på vin och Angelica märkte ganska snart att hon hade ett stort behov av att prata om sin skilsmässa, det hade bara gått tre månader sedan hennes man lämnat henne och flyttat hem till en mycket yngre tjej som han träffat på sitt jobb. Kerstin, som såg mycket bra ut, hade inte haft några svårigheter att träffa nya män. "Hon måste vara 42 år nu, det skulle ingen kunna gissa", tänkte Angelica. Allteftersom Kerstin drack vin, hon drack ganska mycket tyckte Angelica, så framkom att hon inte försummat denna, som hon sa, nyvunna frihet och tydligen haft flera tillfälliga förbindelser med yngre män. Under inverkan av vinet fick Kerstins berättelse en ton av desperation över sig vilket gjorde Angelica sorgsen.

De kom inte iväg från Kerstins förrän ganska sent. Kerstin ville absolut gå till Brogatan, ett ställe som

Angelica bara varit på någon enstaka gång.

"Det är den bästa baren i stan om man vill träffa någon," sade Kerstin.

Hans satt vid baren när de kom in. Kerstin presenterade honom som någon hon lärt känna för flera år sedan genom sin före detta man, nu hade de tydligen träffat på varann på krogen flera gånger den senaste tiden. Angelica fick från början ett positivt intryck av honom, ett intryck som förstärktes under kvällen, det var en blandning av lugn, mognad och spiritualitet som fascinerade henne. Hans hade suttit där en och en halv timme och tyckt att det var ovanligt dött den här kvällen, han var just på väg att gå då Kerstin och hennes väninna kom in. Som ett resultat av ett par öl under kvällens lopp gick det lätt för Hans att leva upp när han fick någon att prata med. Han gillade Kerstins kompis, hon representerade en blandning av ungdom och distanslös intellektuell som attraherade honom. Således utvecklades ett intensivt samtal mellan Hans och Angelica denna sena kväll på Brogatan, ett samtal som avbröts först när de stängde. Angelica hade fått ett kort med adressen till Hans antikvariat tillsammans med ett löfte att han skulle försöka hitta några böcker hon förklarat sig intresserad av. På väg hem verkade Kerstin irriterad och Angelica fick dåligt samvete då hon insåg att hon inte haft mycket tid för Kerstin under kvällen.

"Fan vad han låg i för att ställa in sig," sa Kerstin.

"Håll honom på avstånd, han är bara ute efter tröst. Han längtar fortfarande efter Margareta."

"Vem är Margareta?" undrade Angelica.

"Hans före detta. Hon blev trött på honom och stack."

Angelica gillade inte Kerstins sätt att uttrycka sig men skyllde det på hennes dåliga humör och det faktum att Kerstin vid detta laget var ganska berusad. De skildes åt utanför Kerstins port och Angelica cyklade hem.

Det var tisdag eftermiddag veckan därpå som hon besökte antikvariatet för första gången. Hans hade inte hittat de böcker hon sökte men han hade flera andra intressanta böcker att visa, han bjöd på kaffe bakom butiken och hon blev kvar till klockan sex då han stängde, därefter gick de till Higher taste och åt vegetariskt. Hans berättade att han hade svårt att hinna med både butiken och postorderförsäljningen samtidigt som han ville åka till Köpenhamn någon gång i veckan, och att han nu funderade på att anställa en halvtidshjälp i butiken. Angelica förklarade sig genast intresserad. När de skildes hade Hans givit ett halvt löfte om ett jobb i antikvariatet, han skulle bara kolla upp vissa formalia med sin revisor och ringa henne senare i veckan, senast veckan därpå. Angelica kände sig lätt euforisk när hon gick hem den kvällen.

Nu satt hon vid sitt frukostbord och tänkte tillbaka på detta; att hon stött på Kerstin just då; att Hans satt

vid just den baren just då; att han just då behövde
hjälp i butiken. Det kunde inte vara enbart tillfällig-
heter, tänkte hon. — Nej, detta var hennes öde, det
förstod Angelica, det var därför denna morgon kän-
des så viktig för henne.

*

Hans hade alltid varit en flegmatisk natur, uppväxt i
ett stabilt småborgerligt hem med värderingar präg-
lade av självklarhet. Han var tjugofem år då han gifte
sig med Margareta, hon var bara nitton. Deras äkten-
skap blev bra, de var två stabila människor som för
varandra skapade en trygghet där konventionella vär-
deringar aldrig blev satta på prov. Det fanns egentli-
gen bara ett mörkt moln på himlen: de lyckades
aldrig få några barn. Under några år på 70-talet var
detta ett stort och allt annat överskuggande problem
för dem, men aldrig så att det tärde på deras förhåll-
lande, snarare förde det dem närmare varann. Hans
insåg att barnlösheten hade en annan dimension för
Margareta än för honom själv och det var han som
förde fram både hormonbehandling och adoption
som möjliga lösningar, men det kom aldrig längre än
så och i slutet av 70-talet kändes det som att de båda
hade accepterat äktenskapet som barnlöst. Den var-
dagsrutin som sedan kom att prägla deras äktenskap
passade Hans bra, ja, så bra att han inte reflekterade så
mycket över det. När han ibland hörde om andras

problem kunde han tänka "vilken tur jag har som har Margareta", men annars tog Hans sitt äktenskap med Margareta för givet. Han kunde därför först inte förstå vad hon menade när hon började tala om skilsmässa, verkligen inte förstå. När han så småningom blev tvungen att acceptera faktum valde han att betrakta det hela som något övergående, "en idé hon fått, den kommer säkert att försvinna" intalade han sig. Det var först två veckor innan hon skulle flytta som det gick upp för honom att han skulle bli lämnad ensam, såväl känslomässigt som rent fysiskt.

Hans hamnade i ett depressivt tillstånd efter skilsmässan, dock inte allvarligare än att han fungerade utåt och skötte sitt jobb, men han upplevde fritiden som meningslös. När han så två år senare förlorade jobbet, tappade han fotfästet i tillvaron. Han hade fått tjänsten som kulturpedagog vid kommunens bibliotek kort tid efter sin examen, nu tjugo år senare hade han ingen aning om var han skulle ta vägen, en villrådighet som, visade det sig, delades av den arbetsförmedlare han blivit anvisad. Förmedlaren följde förmedlingens snitslade bana och dolde oförmågan bakom ett hurtfriskt erbjudande av allsköns kurser. Det var via dessa kurser Hans kom i kontakt med andra vars situation liknade hans egen, vilket medförde ett socialt liv utanför hemmet men också att han började dricka rätt så mycket och ofta.

Skilsmässan hade framtvingat en försäljning av deras

gemensamma förortsvilla, och Hans hade, ursprungligen tillfälligt, hyrt en tvårummare nära arbetsplatsen. När han förlorade jobbet var det inget som höll honom kvar i det ganska tråkiga förortsområdet. Han hade för avsikt att använda pengarna från husförsäljningen till köp av en insatslägenhet, men då priserna var i fallande fick han rådet av banken att vänta. Han hamnade i en trea i kvarteret Tranan. "Hög hyra men centralt" som han själv beskrev det.

Hans som alltid varit något av en bokmal drevs nu av sysslolösheten till att bli en riktig storkonsument av böcker. Han gjorde nästan dagliga rundor i boklådor och antikvariat på jakt efter nya upplevelser, upplevelser vilka tillsammans med kroglivet på kvällarna var de medel med vilka han höll ensamheten stången.

En eftermiddag i oktober, på väg hem längst med Södra Förstadsgatan, det hade redan börjat mörkna, bestämde sig Hans för en eftermiddagsöl på Bullen, där han blev sittande längre än avsett. En man i övre medelåldern kom in och satte sig bredvid honom i baren. Efter en stund kände Hans igen honom som innehavaren av ett mindre antikvariat på Norregatan, igenkännandet var ömsesidigt och de kom i samspråk, det visade sig att mannen hade för vana att ta en aperitif på Bullen på väg hem från butiken innan han intog kvällsmålet i hemmet. Två ensamstående män med intresse för böcker hade därmed funnit varandra och i fortsättningen blev dessa eftermiddagar på Bullen

närmast rutin, Engström, som mannen hette, berätta-
de om antikvariatbranschen.

— Det är inget man blir rik på, men rätt skött kan
det ge en rimlig inkomst. Man är ju väldigt bunden —
ja, det gäller ju alla småbutiksägare, menade han.

Det visade sig att Engström drivit sin rörelse i femton
år och att han nu var beredd att avveckla affären för
att bosätta sig i vad han beskrev som ett fallfärdigt
ruckel söder om Rimini, där han under många år
spenderat sin årliga treveckors ledighet. Han frågade
Hans, från början halvt på skämt, om han ville ta över
"hela rasket". Under andra omständigheter skulle
Hans knappast övervägt ett sådant erbjudande, men
detta hände bara några dagar efter det att arbetsför-
medlingen försökt intressera honom för ett "starta
eget" bidrag. Tanken var väckt och diskuterades med
ökat allvar under några veckor, till slut bestämde sig
Hans att lägga fram förslaget för arbetsförmedlingen.
Där mottogs det med stor entusiasm till synes utan
någon egentlig bedömning av de ekonomiska förut-
sättningarna, vilket förvånade Hans. Nu beviljades
han ekonomiskt stöd för övertagande av antikvaria-
tet.

Två månader senare satt han ensam en tidig mor-
gon i rummet bakom butiken, han hade två timmar
på sig innan han för första gången skulle öppna sitt
eget antikvariat. Det fanns inte något som pockade på
omedelbar handling och han fick tid att reflektera, en

reflektion som i förstone ingav en viss oro, men Hans hade övertagit ett välskött företag och med sina tidigare erfarenheter borde det inte bli några svårigheter.

Några månader senare hade han känslan av att verksamheten flöt bra. Det föreföll inte som ett problem att få det hela att gå ihop, snarare att få tiden att räcka till. Han funderade på att anställa någon på halvtid som hjälp att hålla butiken öppen. Om Hans då hade jämfört sina utgifter, främst hyror och krognotor, med sina intäkter från bokförsäljningen skulle han förstått att detta inte var någon bra idé. Det stod emellertid inte klart för honom förrän två år senare då de olika stödåtgärderna helt upphörde. Nu, då ännu inte ett år förflutit sedan han övertog antikvariatet, kände Hans att han, för första gången sedan skilsmässan, återvänt till livet, ja, rentav funnit livet, ett liv som hittills varit okänt för honom.

Baren

H on dök upp vid baren utan att Torgny sett henne komma in, han trodde först att hon var en av de få kvarvarande gästerna på uteserveringen, men när hon, efter att ha köpt en öl, slog sig ner vid ett av lokalens inre bord förstod han att hon just anlänt. Klockan var strax innan sju och hon var den enda gästen, eftermiddagsfolket hade gått hem och det skulle ta ytterligare några timmar innan kvällsgästerna fyllt lokalen. Hon var ganska attraktiv, inte helt ung, lite tråkigt klädd, stilfullt men tråkigt. Trots att hon satt med båda armarna lutade på bordet och därmed dolde det mesta av sin kropp såg man genast att hon var smal — på vissa människor behöver man bara se ansiktet för att veta om de är smala — hennes ansikte var skarpt skuret med höga kindknotor och en vacker näsa, hennes läppar var tunna men välformade. Det konstiga var att hon gav ett mjukt intryck, det måste vara munnen eller kanske hennes ögon, tänkte Hans. Vem väntade hon på? Hon sökte uppenbarligen av-

23

skildhet men i en offentlig lokal. En man? En uppgörelse med en före detta eller ett första möte? Spekulationerna avbröts när mannen klev in, en stor man i ljus kostym. I kontrasten mellan det starka solljuset utanför och lokalens relativa mörker gjorde mannen ett något förvirrat intryck innan han upptäckte den ensamma kvinnan vid hörnbordet längre in. Det var med tydlig avvaktande tvekan han närmades sig hennes bord. De hade aldrig träffats förr.

"Ann?"

"Ja, är det du som är Rolf?" Hon reste sig med ett leende och de skakade hand.

"Jag satte mig här för att vi skulle kunna prata ostört men nu känns det nästan uppseendeväckande ostört." Kvinnan skrattade lite nervöst åt sig själv och sin osäkerhet.

"Vi är tidiga, det blir nog mer folk här snart, sade han."

Han riktade blicken mot ölglaset på bordet framför henne.

"Vill du äta något?

"Nej, egentligen inte. Inte ännu i alla fall."

"Då hämtar jag också en öl."

Mannen kom fram till baren. Han hade en mycket löst sittande beige linnekostym, vilken gjorde det svårt att bedöma figuren, men Torgny misstänkte att han var något överviktig, han hade ett mjukt ganska runt ansikte och detta tillsammans med ett tjockt

24

mörkt hår gav honom ett ungdomligt utseende, han såg inte ut att vara över fyrtio vilket han antagligen var. Det fanns något resignerat hos honom, det märktes först när han beställde, kanske var det hans röst eller hans sätt att röra läpparna "en stor stark". Under andra omständigheter skulle Torgny inte ha reflekterat över detta, men nu väntade han sig upptäcka någon form av entusiasm eller spänning inför mötet med en okänd kvinna, men mannens sätt att beställa fick Torgny att tänka på dagens lunch i personalmatsalen. Denna brist på engagemang, innesluten i sig själv, en enmansdemonstration av kroglivet som en flykt från ensamheten snarare än ett genuint sökande efter gemenskap. Den här killen föreföll inte intresserad, men inte heller ointresserad, brist på entusiasm var nog en bättre beskrivning, inte bara inför kvinnan han stämt möte med men inför livet i allmänhet. Torgny fick intrycket av en man som hankade sig fram med hjälp av sina förträngningsmekanismer, han skulle kunna vara en av dessa manliga bargäster som antingen missat eller förlorat sin stora kärlek och vars stolthet förbjöd att inordna eller underordna sig, underordna sig samhället eller kvinnan i ett kärlekslöst äktenskap. Män som hölls igång av ren självbevarelsedrift, vars handlande var defensivt, insikten måste blockeras, en insikt vars tyngd annars riskerade att krossa dem, män som framlevde livet som ett sisyfosarbete, där varje ny kontakt innehöll sin egen

25

meningslöshet redan från början.

Mannen hade nu slagit sig ner vid bordet, kanske övervägde han kvällens erotiska möjligheter. Var han en av dem som inte visste att hantera sin illusionslöshet på annat sätt än genom förträngning och en närmast mekaniskt upprepning av levnadsmönster? Detta skulle kvinnan framför honom knappast fråga sig eller kanske inte ens bry sig om, hon såg ut att använda alla knep för att få honom intresserad, för att bli bekräftad, även om så bara för att sedan avvisa honom och om detta skulle visa sig omöjligt skulle hon ta det personligt. Kvinnor tycks sällan förstå att graden av intresse de väcker hos mannen ofta inte beror på uppvisade egenskaper, snarare som ett enzym, nej det är något annat som är enzymet: alla dessa små omedvetna gester och beteenden, i sin tur omedvetet uppfattade, det är dessa som leder till förälskelse. Allt det där andra, alla dessa kvinnliga attribut, ja, de kan på sin höjd leda till erektion, en reaktion som ibland, i brist på bättre, kan kläs i namn av kärlek.

Som ung hade Torgny alltid trott att det var den sexuella förmågan som avtog med åldern, långt senare fick han erfara att det var förmågan till trovärdiga illusioner som avtog. Illusionen om kärleken mellan två människor som ett ömsesidigt inrymmande av den andres medvetande, som en paradisisk omfamning, illusionen om det totala uppgåendet i varann eller det totala intagandet av den andre, som siamesiska tvillingar med gemensamt nervsystem, alla dessa illusioner, söndersmulade under tyngden av filosofisk och existentiell insikt. Med illusionerna brast också något annat, ett förhållningssätt, plötsligt fanns det ingen laddning, ingen förhoppning om något mer, en förhoppning som burit upp varje kärleksaffär och som fungerat som moralisk gräns mellan perversion och konvention. Sex utan kärlek, som gymnastik, — Som han avskytt skolgymnastiken! — alla dessa tvivel som blev till en barriär, en alltmer växande barriär mot den så livgivande förälskelsen. År av ambivalens, som en golgatavandring där begäret drev en framåt. Först nu, efter 60 tycktes begäret ha kommit i samklang med tvivlet, först nu kunde ensamheten fördras, i alla fall så länge oron inte blir för stark, mot ångesten kunde han fortfarande ta till erotiken som terapi, men det gällde att veta när, om det bara var flykt kom ångesten som baksmälla, dubbelt värre.

Detta tidigt anlända par i förening med sysslolösheten vid den tiden på kvällen hade lett Torgnys tankar in i en välbekant återvändsgränd — relationer, det blev därför ett välkommet avbrott när Sally kom. Sally en ung glad och obekymrad tjej som uppenbarligen stortrivdes med att sova på dagen och jobba på natten, hon hade för närvarande tre olika jobb och jobbade inte så sällan sju nätter i veckan, helt i strid med arbetstidslagstiftningen. "Det märks inte när det är olika arbetsgivare", konstaterade Sally glatt. Hon var

27

en bra arbetskamrat, dels smittade hennes livsglädje, dels hade hon alltid mer eller mindre fantastiska skrönor att vidarebefordra från Malmös krogvärld. Den gångna helgen hade hon jobbat på Börshuset och kunde berätta att hon för första gången med egna ögon sett Vera.

"Vera?" Hon pratade om Vera som om alla visste vem det var. Torgny hade aldrig hört talas om Vera.

"Har du inte hört om henne?"

"Nej, berätta!"

"Det är en ursnygg tjej som raggar mycket aktivt varje fredag. Först på Kalendegatan, senare på Börshuset. Hon plockar bara upp "mammas gossar", eller ännu hellre, när så rara varelser serveras, rena oskulder. Hon har blivit berömd för sitt osvikliga väderkorn. Det vanliga promiskuösa gänget har lagt ner hela sin samlade möda på att låta sig förföras, men utan tillstymmelse till framgång och om du hade sett henne skulle du förstå att den mödan varit avsevärd. Hon tycks ha vittring som en jakthund."

"Jaha, intressant kvinna och ursnygg, synd att hennes intresse inte är riktat mot män i 60- års åldern."

"Passa dig, du vet inte vad hon gör med dem," skrattade Sally.

"Hon är väl en av dessa kvinnor som amerikanerna kallar 'sexually aggressive women' kvinnor som raggar upp, inte låter sig raggas upp, som väljer den

28

roll som normalt tilldelas mannen, och med hennes val av män, som du beskriver hennes offer, vill hon tydligen behålla den rollfördelningen även i sängen.

"Du verkar ha erfarenhet."

"Mina företräden som 'mammas gosse' har nog aldrig varit framträdande, men nog har jag träffat på kvinnor som vågat visa vad de ville och förväntade sig."

Baren började fyllas av gäster och deras samtal blev avbrutet.

Detta var den andra berättelsen om självständiga och mer eller mindre avvikande kvinnor han hört berättas på kort tid. Den första berättelsen beskrev en betydligt mer avvikande kvinna, den ska ha utspelats vid en fotoautomat där en kille i färd med att rota fram pengar till passfoton blev passerad av en tjej som snabb försvann in i automaten och efter fyra snabba blixtar lika snabbt kom ut och gick sin väg. Den något förundrade killen tog sina bilder och kom precis ut ur automaten när tjejens bilder trillade ner, någon tjej syntes inte till och han behövde inte ta upp bilderna för att se att det inte var några passbilder. Det var i själva verket fyra bilder på ett rakat sköte där en tatuerad blomsterranka slingrande sig runt venusberget. Hela storyn inklusive bilderna finns nu utlagd på nätet och skall ha ägt rum vid fotoautomaten i trapphuset mellan Clas Ohlson och Åhléns. Var dessa berättelser sanna? Man kan ju avfärda frågan genom att hävda att den saknar betydelse, det intressanta är att denna typ av berättelser överhuvudtaget cirkulerar, det var vad som först gjort honom uppmärksam. Men för Torgny kändes sanningshalten betydelsefull, det är trots allt skillnad om "den självständiga kvinnan" är en populär uppfattning eller ett faktum, det är också en avsevärd skillnad på fantasieggande skrönor om kvinnor och en påtaglig närvaro av illusionslösa kvinnor. Utifrån det allt ökande behovet av kickar som unga människor visar upp var det inte lätt att avfärda sådana berättelser som osanna, men samtidigt kan ju skrönor också fungera som kickar, surrogat, ungefär som dokusåpor.

Hans tankar återvände flera gånger under kvällen till frågan: Kunde dessa berättelser verkligen vara sanna? En av anledningarna till hans tveksamhet var upplevelsen av Malmö som provinsiell, den här typen av människor brukar inte få rum i provinsen. I Köpenhamn ja, men Malmö? Men ändå... Det fanns något i luften, eller tiden, som gjorde honom osäker, hans osäkerhet stärktes ytterligare av en tidigare händelse. Det var för något år sedan som en av de alkoholiserade stammisarna på Bullen berättat en liknande, i förstone fullständigt otrolig historia, en historia som senare visade sig vara helt sann! Men den yttersta anledningen till hans grubbel kring detta var nog trots allt Angelica, det förstod han, Angelica som han föreställde sig rörde sig i de miljöer där dessa berättelser utspelades. För Torgny var detta inte beskrivningar av häftiga, eller ens spännande tjejer, kanske när han var yngre, men inte nu. Dessa berättelser blev till en tröstlös beskrivning av ensamhet och disharmoni hos dagens unga kvinnor, kunde Angelica vara en av dessa unga ensamma och desperata kvinnor? Även om han vetat svaret var han inte säker på att han kunnat hjälpa henne, men han visste inte ens svaret! Han hade ingen aning om hur det stod till med sin egen dotter! Torgny kände sig med ens mycket trött, intill döden trött, endast rutinen fick honom genom resten av arbetspasset.

Vera

S om så ofta på fredagarna träffades de hemma hos Paul för att vid elvatiden gå till Paddys. Det hade nästan blivit rutin att börja på Paddys för att senare gå till Etage, men när de denna kväll passerade Hipp ville Paul att de skulle gå in för att prova på detta nyöppnade ställe. Efter att ha varit teaterrestaurang hade Hipp sedan några veckor fungerat som nattklubb. Martin hade inte varit där tidigare och då han denna kväll var helt uppfylld av föresatsen att träffa en tjej och inställd på Paddys välbekanta stämning, accepterade han Pauls förslag utan entusiasm. De hade varit där någon timme när hon kom, hon anlände tillsammans med ett större sällskap som, visade det sig senare, hade varit på teatern i samma hus. Den enda orsaken till att Paul och Martin uppmärksammade henne när hon kom in var hennes utseende.

— Otroligt snygg, utbrast Paul.

Och Martin kunde inte annat än instämma. Med en enkel men mycket väl anlagd frisyr, klädd i en kort ljus sommarklänning, ett par sandaler och som det verkade, inte mycket mer. Martin upplevde henne som mycket medveten om sitt utseende, hans intresse för henne var klart distanserat, det var inte en sådan tjej han letade efter. En stund senare gick Paul för att prata med några vänner han upptäckt och Martin blev ensam kvar. Han kände sig frustrerad när han stod där i baren, han hade ju bestämt sig för att försöka hitta en ny tjej och här fanns gott om tjejer men alla föreföll de lika ointressanta i hans ögon.

Martin började fundera på de tre tidigare förhållanden han haft, det gick inte att jämföra Ann och Sara med Ulrika. Visserligen var förhållandet med Sara speciellt, det var det första och det varade länge, drygt fem år, men ändå..., han hade aldrig saknat henne..., det var ju han som gjorde slut med Sara och orsaken var att han och Ann genast blivit förälskade i varann när de träffades på badmintonklubben, men det var inte bara det ... det var som om han var klar med Sara då, men han var inte inte alls klar med Ulrika när hon lämnade honom, det visste han.

Någon trängde sig in bredvid honom för att beställa ett glas vin. Försjunken i sina tankar tog det en stund innan Martin upptäckte att det var skönheten som han sett anlända en stund tidigare. Då folk hela tiden trängde sig fram för att beställa reagerade han inte på det, inte förrän hon betalt vinet och blev stående. Han undrade varför hon inte återvände till sitt sällskap och tittade på henne, hon besvarade hans blick med ett leende.

— Brukar det vara så här på fredagarna, frågade hon.

— Hur då så här?

Han var inte säker på vad hon menade.

— Jaa..., mycket folk och kanske lite opersonlig stämning.

Martin visste inte vad han skulle svara, det där med opersonlig stämmning hade han inte skänkt en tanke han kände sig besvärad och hans svar var trevande. Efteråt kom han inte ihåg vad som sades bara att han hela tiden frågade sig varför hon stod kvar och pratade med honom. Det var mest hon som pratade och han som lyssnade, han fick reda på att det var hennes sällskap som lockat med henne hit och att hon deltog i en veckoslutskurs på Crown Hotell.

Paul återvände och ville att han och Martin skulle följa med de andra till Slaghthuset. Martin som inte tyckt om Slaghthuset de få gånger han varit där hade hellre gått till Etage. Nu accepterade han genast, kanske som ett försök att komma ur en situation han inte riktigt behärskade.

— Jag säger till de andra att vi hänger med, drick upp din öl så ses vi i garderoben, sade Paul.

Martin förstod att Paul inte uppfattat den konversation som han var inbegripen i.

— Hur är det på Slaghthuset? Jag har hört att det

skall vara bra där på fredagarna, sade hon.

— Jag har inte varit där så ofta. Vi brukar gå till Etage, svarade Martin sanningsenligt.

— Vi, är det du och din kompis, brukar ni gå ut tillsammans?

— Ja.

Martin tömde sin öl och vände sig mot skönheten för att avsluta deras samtal och ge sig av.

— Okej ...

Hon avbröt honom.

— Har du något emot att jag följer med er? Jag har ingen lust att vara kvar här.

Hon tittade på honom med ett leende och frågade på det mest naturliga sätt, Martin förstod inte denna naturlighet, han tyckte att hon betedde sig underligt. Han var inte van vid, och trodde inte att han gillade offensiva kvinnor. En sådan tjej skulle han ha avvisat om omständigheterna varit mer normala, nu försökte han först, instinktivt, att komma på en ursäkt att komma ur det hela, men samtidigt fanns hela tiden tanken på en ny tjej i bakhuvudet och han svarade:

— Jovisst, det är helt okej.

— Jag heter Vera. Hon sträckte fram handen.

— Martin, svarade han och hoppades att hans hand inte skulle kännas svettig.

Paul såg ut som ett frågetecken när Martin presenterade Vera och förklarade att hon skulle följa med dem. När han senare fick tillfälle att förklara för Paul hur det kom sig att hon kommit med verkade inte Paul tro honom.

Martins första tanke var att på ett naturligt sätt komma ifrån henne när de väl kommit dit, istället fick han erfara hur självförtroendet växte i attraktivt umgänge och då hon inte tycktes ha något emot hans sällskap blev resultatet att de dansade och pratade med varann i stort sett hela tiden på Slaghthuset. Han fann henne lätt och behaglig att prata med . Hon verkade vara en juste tjej, men Martins osäkerhet ville inte släppa, hon var ju inte alls en sådan tjej som han var van vid. Vid fyratiden på morgonen kände Martin att han ville hem, när han sade detta till Vera föreslog hon genast att de skulle dela en taxi och då de skulle åt samma håll tyckte Martin att det lät som en bra idé. I taxin fortsatte Vera att överraska Martin då hon frågade om hon kunde få sova över hos honom. Orsaken eller ursäkten som hon angav var att hon avskydde hotellrum i allmänhet och det rum hon fått på Crown i synnerhet. Martin kände sig pressad att svara ja, det skulle kännas fånigt att neka, men just då ångrade han att han gått med på att dela taxi. När han i ett försök att verka obesvärad svarade "jovisst" flyttade hon sig närmare honom och pussade honom på kinden. Hon blev sittande kvar i en ställning vänd mot honom med sitt ansikte mycket nära hans och sin vänstra hand vilande på hans högra armbåge. För ett ögonblick betraktade hon honom mycket uppmärk-

36

samt, lutade sig fram och pressade sina läppar mot hans samtidigt som hon lät vänsterhanden glida upp mot hans axel. Martin som var helt ovan vid att så här handgripligen bli förförd av en kvinna, blev först sittande orörlig med Veras stängda läppar hårt pressade mot sina. När han äntligen kom sig för att lägga sin högra arm om Veras axel och besvara hennes omfamning fick hon den sökta bekräftelsen och lät sina läppar glida isär. När Martin kände hennes varma tunga leta sig in mellan sina läppar försvann med ens hans tidigare osäkerhet och ersattes av upphetsning och åtrå. Inför den plötsliga aggressivitet med vilken han besvarade hennes kyss visade Vera ett öppet välbehag vilket ytterligare stegrade Martins upphetsning. Deras omfamning avbröts först då taxin stannade framför Martins port.

Väl uppe i lägenheten frågade Martin om hon ville ha en drink, men fick ett snabbt och tveklöst svar.

— Nej, jag vill att vi går och lägger oss.

— Jag måste fixa sängen först.

— Var har du badrummet?

— Till höger i hallen.

Hon försvann dit, medan Martin fixade sängkläderna, dimmade ljuset i sovrummet till en som han tyckte passande nivå, tog av kläderna och kröp ner under täcket. Hans tidigare tveksamhet var nu som bortblåst, ersatt av kåthet. Vera kom in i sovrummet. Fortfarande klädd gick hon fram till sängen, lutade sig över honom och drog fingrarna över hans bröst.

— Här är så mörkt, jag kan knappt se dig.

Hon gick bort till dörren och justerade dimmern, ställde sig mitt i rummet och tog av sig klänning och trosor, det vill säga allt hon hade på sig, med stort raffinemang, gick fram till sängen, lyfte på täcket och satte sig gränsle över honom. Plötsligt, i detta ögonblick, till hans egen totala förvåning, blev han helt tom, ja, det närmaste han kunde komma känslan som så plötsligt infann sig, där i sängen med denna otroligt vackra nakna kvinna sittande gränsle över sig, var den inre tomhet som han vid något enstaka tillfälle lyckats uppnå i samband med mental träning. Han måste ha gått igenom detta hundra gånger i minnet efteråt utan att kunna förklara för sig själv vad som hänt, han hade aldrig upplevt en mer upphetsande kvinna än Vera, såväl hennes uppenbarelse som hennes uppträdande var ju helt fantastiskt, men Martin bara visste att han inte skulle kunna få erektion och greps av panik. Vera som snart uppfattade hans belägenhet visade stor uppfinningsrikedom i sina försök att befria honom från prestationsångesten, samtidigt som hon omärkligt försökte hetsa upp honom. Men Martin hade hamnat i ett tillstånd där obehaget växte för varje stund. Han kände att han inte kunde stå ut med detta längre och utan att titta på henne försökte han förklara att det hela kanske varit ett misstag från början och att det nog var lika bra att hon gick till sitt hotell.

Det tog inte många minuter för Vera att klä på sig, ringa efter en taxi och ge Martin en avskedspuss, men för Martin var detta långa minuter. När hon gått drack han en whisky för att kunna somna. Klockan var då tjugo över fem på morgonen.

Hans

Veckan innan hade alla pratat om våren, men nu, andra måndagen i mars, ven en isande kall snöblandad vind in från Öresund. Hans skyndade Stora Nygatan fram på väg till posten, ja, han nästan halvsprang för att hålla värmen. Han brukade öppna butiken klockan elva, det var inte förrän han vaknat denna morgon han kom ihåg att han idag måste vara där redan halv tio, då fick han bråttom och utan att kontrollera vädret gav han sig iväg utan ytterrock. Han nådde posten just när de öppnade, men glömde att ta en nummerlapp och under tiden han med röda och stela fingrar kvitterade sina försändelser växte kön.

Tjugo minuter i tio såg Angelica Hans komma runt hörnet. Andfådd och blåfrusen bad han om ursäkt för att han var sen.

— Har du väntat länge, frågade han.

Angelica som kommit i god tid ljög.

— Nej, jag har just kommit.

— Har du frusit? Det är ju rena vintern.

— Nej då, jag har massor av kläder på mig, skrattade Angelica när hon såg Hans blåfrusna anlete.

"Hon ser faktiskt inte ut att frysa", tänkte Hans när han såg hennes rosiga ansikte sticka upp ur en jättestor höghalsad ylletröja vilken i sin tur doldes av en ännu större sliten bryggarjacka.

Hans förklarade det mest nödvändiga om antikvariatet för Angelica.

— Resten ger sig efter hand och när något är oklart är det ju bara att fråga.

Redan efter några veckor upphörde frågandet, inte på grund av ointresse, snarare på grund av stort intresse kombinerat med snabb tankeförmåga, konstaterade Hans belåtet. Trots allt tog det tid innan Hans vågade lämna antikvariatet, vilket medförde att de under flera veckor tillbringade många timmar om dagen tillsammans, timmar vilka inte enbart kunde ägnas åt arbete, de fick mycket tid att lära känna varandra vilket båda upplevde som positivt.

När Hans, efter att för första gången ha varit borta en hel dag från butiken, kom tillbaka på gott humör och berättade att han gjort ett klipp på en bokauktion i Köpenhamn, kunde Angelica kvittera med att ha levererat en stor postorderbeställning. Detta fick Hans att utropa:

— Det här ska vi fira med en middag i kväll!

— Det låter jättekul, tyckte Angelica.

Båda njöt av maten på La Casita och i början förde de

ett livligt samtal om böcker de läst, om mer eller mindre originella stamkunder, etcetera. Så småningom, när de nått efterrätten och buteljen med spanskt rödvin var i det närmaste tom, blev emellertid stämningen mer avvaktande. Efter en stunds tystnad sade Angelica:

— Jag saknade dig i går.

Det var något i tonfallet som fick Hans att reagera, han tittade uppmärksamt på henne och hon blev förlägen.

— Jag saknade dig också, svarade han.

Det var sant, han hade ofta tänkt på henne den sista tiden, längtat efter henne. Detta hade han emellertid inte velat erkänna, inte ens för sig själv. Han hade varit säker på att han i hennes ögon var en medelålders man som man kunde vara vän med, inget mer. Nu, när deras blickar möttes stod det plötsligt klart för honom hur det förhöll sig och han blev blixtförälskad. Efter detta hade han svårt med koncentrationen. Det enda han kunde komma ihåg var att hon tackat ja till att följa med honom hem. Efter att ha satt på tevatten gick han in i rummet och satte sig ner bredvid henne i soffan. Han tog hennes hand – denna första fysiska beröring utlöste alla deras uppdämda känslor och kastrullen med tevatten hade för länge sedan kokat torr när Hans vände sig om i sängen, tittade på klockan och förstod att han måste ha somnat. Han tittade på Angelica där hon låg, vänd mot honom, i djup sömn.

Vilken intensitet! Hans hade aldrig varit med om något liknande, han kände sig fortfarande helt omtumlad.

Angelica bodde alltmer hos Hans, där de intog sina måltider tillsammans. De gick sällan på krogen, tillbringade istället kvällarna tillsammans framför teven och när de gick ut så gick de tillsammans, med andra ord utvecklades ett förhållande som bar alltmer av äktenskapets prägel. Men ändå inte, det fanns hela tiden något osäkert och temporärt över deras relation, denna osäkerhet berodde dels på ömsesidig feghet, vilken förhindrade dem att till fullo bejaka ett förhållande som så uppenbart stred mot deras idealbild av äktenskapet. Men den hade också djupare orsaker i det att deras förhoppningar för framtiden var, visserligen outtalade men ändå, uppenbart oförenliga. Detta var emellertid inget som Hans eller Angelica själva kunde, eller ens ville, medvetandegöra, snarare var det så att man undvek dessa frågor till förmån för den stora behovstillfredsställelse som förhållandet innebar. Vilken lycka är det inte att få sitt behov av närhet och kärlek tillfredsställt! Hos Angelica var otryggheten som bortblåst, att tillaga maten och tillbringa kvällen hemma blev nu till en glädje för henne, hon njöt av att älska och sova med honom, hon upplevde en värme och stilla glädje hos Hans som hon aldrig upplevt tillsammans med jämnåriga män. När de tillbringade sommarens varma kvällar på uteservering-

43

arna och Angelica, klädd i kort sommarklänning, var föremål för andra mäns blickar då kände sig Hans lyckligt lottad och inte så lite stolt över att vara föremål för en ung vacker kvinnas kärlek. Angelica som var intensiv och ohämmad i sitt kärleksliv, hade fått Hans att upptäcka erotiken på ett helt nytt sätt — dessutom var hon ju så vacker, hur skulle han någonsin kunna få nog av att titta på henne? Det hade nu gått fyra och ett halvt år sedan Margareta lämnade Hans. Det som hänt honom under denna tid framstod nu närmast som en metamorfos. På väg till Pilen träffade han en dag på Margareta utanför lokalstationen, hon berättade att hon var sambo och bodde i Lund. När han senare satt på båten tänkte han, "vilken tur att vi skilde oss".

Det hade blivit höst och lövverket varierade över hela färgskalan, från mörkrött via gult och rött till violett, de var på väg genom Slottsparken, ut i Slottsstaden för att leta efter intressanta böcker på en auktion efter ett dödsbo. Det hade varit en blåsig vecka och de fick tidvis plöja sig fram genom drivor av löv som vinden lagt upp. De gick arm i arm, nära varann, och Angelica kände sig lycklig. Väl framme lyckades Angelica övertala Hans att lägga ett bud på en låda innehållande i huvudsak så kallad New-Age litteratur, en genre som han uppfattat som tillfällig och trendkänslig och nu kände han sig osäker på denna kategori av böcker.

44

— Söker man efter denna typ av böcker på antikva-riat, frågade han.

— Ja, det är jag säker på. Lägg ut dem i fönstret så kommer du att få fler kvinnliga kunder, nu är det ju nästan bara män, har du tänkt på det? svarade Angelica.

Senare på kvällen, då Angelica ville se en film på TV, satte sig Hans i köket och ögnade igenom en del av böckerna. När de lagt sig frågade han Angelica:

— Men tror folk verkligen på allt detta? Det är ju mest ytliga metafysiska spekulationer.

— Det finns människor som är öppna för nya tan-kar, svarade Angelica.

Han märkte att hon blev irriterad och lät det bero.

Det hade aldrig varit någon hemlighet för Hans att Angelica var intresserad av New-Age, han hade även varit med henne på Sök och Finn, men det var inte förrän nu, då han börjat fundera över böckerna och dess köpare, som han insåg att detta var något mer än den modefluga han dittills betraktat det som. Detta kom att påverka hans syn på Angelica, han tvingades att se den stora skillnad i värderingar som rådde mel-lan dem, men också skillnaden i ålder. Hans drog sig till minnes en diskussion han haft med Engström an-gående den subtila skillnaden mellan kvinnan och flickan, Engström hade hävdat att denna skillnad fick sitt starkaste uttryck i förhållandet till föräldrarna. Flickan karakteriseras av att fortfarande se mor och

far som någon att bli omhändertagen av när det blir
kris, medan kvinnan snarare ser på föräldrarna som
någon man måste ta hand om när det blir kris. Utifrån
denna karakteristik, var Angelica fortfarande flicka,
tänkte Hans. Några dagar senare stod Hans bakom bu-
tiken och fyllde vatten på kaffebryggaren.

— Vad är detta! Angelica kom in från butiken med
en lapp i handen, har du skrivit detta? "Negern som
gör honnör"!

— Ja, det är ett citat ur boken, just de orden, "ne-
gern som gör honnör", svarade Hans.

Han brukade inte skriva dylika lappar till sina skylt-
böcker, men detta franska original från 1957 av Bart-
hes inflytelserika bok visste han var intressant för
samlare. Trots det hade han haft den liggande ganska
länge i butiken utan att någon visat intresse. Detta
var orsaken till varför han nu lagt ut den i fönstret
med en reklamlapp innehållande bland annat detta
citat.

— Men du kan inte skriva neger, folk kan ju tro att
du är rasist, argumenterade Angelica.

— Men om nu Barthes skrivit neger och jag citerar
Barthes, svarade Hans.

— Måste du välja just det citatet?

— Neger finns med i akademins ordlista. Det är un-
gefär som att skriva kines.

— Du är inte klok! Folk kommer att tro att du är ra-
sist! Du kommer att få en massa skinnskallar springan-

de här och fråga efter Mein Kampf.

— Om man läser Barthes förstår man nog citatet, sa han.

Detta var ett slag under bältet då han visste att hon inte hade läst Barthes, och då han dessutom själv haft svårt att förstå vissa delar. De blev avbrutna av telefonen och pratade inte mer om saken men Angelicas reaktion hade fått Hans att fundera över konventionens karaktär, dess styrka men också dess snabba föränderlighet.

Skillnaden mellan Hans barndoms 50-tal och det 70-tal som Angelica vuxit upp i framstod plötsligt som avgrundsdjup. Denna nya insikt ledde till att Hans upplevde en stark ambivalens gentemot Angelica, han kunde inte få nog av hennes närhet, titta på henne, smeka henne, älska med henne, men när hon inte var där — vilket inträffade mer nu än i början av deras förhållande — då kunde han reta sig på henne. Han kunde uppfyllas av åtrå och ömhet i hennes närhet för att i nästa ögonblick, då hon gjorde något eller sa något som påminde honom om den idémässiga avgrund som skilde dem åt, övermannas av en stark antipati, ja nästan förakt. Även om Hans i eget intresse försökte anpassa sig i deras samvaro, gick dessa känslor givetvis inte att dölja, dessa kast mellan åtrå och avståndstagande fick Angelica att känna sig utnyttjad och kränkt. Förhållandet hade hamnat på ett sluttande plan och efter några månader bestämde de sig för att sluta träffas utanför antikvariatet. Efter mindre än en vecka höll de lunchstängt och älskade med varann bakom butiken, men situationen var omöjlig och efter en kort tid kom Angelica in en morgon och sa:

— Det blir bäst för oss båda om jag slutar att jobba här, det är bäst om vi slutar att ses helt och hållet.

— Ja, jag förstår, svarade Hans, så här på en gång eller?

— Jaa..., det är väl bäst.

— Jo, det är väl det.

Angelica såg till att vara upptagen, på dagarna av väninnor och på kvällarna på dansställen, medan Hans återgick till ett mera stillsamt drickande på stadens barer. Det hände att Hans ringde henne och att Angelica någon gång skötte antikvariatet i hans frånvaro. Hon kände att hon ville fortsätta ett vänskapligt förhållande men tyckte att det var jobbigt då hon hela tiden kände en önskan efter något mer från Hans.

Margareta

V årljuset hade börjat återvända. Angelica vände sig om i sängen och drog kudden över sig för att slippa ljuset i ögonen. Hon hade varit på Slaghthuset till fem på morgonen och ville sova mer.

Det ringde på dörren. "Vem är det? Jag kan inte släppa in någon nu", tänkte hon, "kanske bara Jehovas Vittnen". Men efter fyra signaler blev hon tvungen att gå upp och kika genom dörrögat. Det var Hans! "Skall jag öppna?" Han ringde på klockan igen, hon blev stressad och öppnade, mest för att få slut på ringandet, för att slippa grannarnas nyfikenhet. Hon släppte snabbt in honom och stängde dörren.

— Du väckte mig, sa hon.

— Ursäkta mig, svarade han.

Först då insåg hon att han var berusad. "Fan också, vad vill han?" Hans bara stod där.

— Var det något speciellt du ville?

— Jag saknar dig, svarade Hans, samtidigt som han lade handen på hennes bara axel. Hon ville inte att han skulle röra vid henne varför hon tog ett steg tillbaka. Hans försökte följa med men snubblade och lade istället hela handen på hennes bröst.

— Vad gör du!

Angelica ryckte till vid den oväntade beröringen och vred sig snabbt undan, vilket fick Hans att tappa fotfästet. Det var endast genom att få tag om klädhängaren som han undgick att falla omkull. "Herregud, han är helt plakat", tänkte Angelica.

— Du är full, gå hem och sov, sa hon.

— Kan vi inte prata lite, mumlade Hans.

— Nej, nu måste du gå, insisterade hon.

Hon öppnade dörren och föste ut honom och Hans började sakta gå ner för trappan utan att säga något. Angelica gick in och stängde dörren. "Så jävla obehagligt! Jag måste se så att han kommer härifrån", tänkte hon och gick fram till fönstret. Hans gick sakta över gatan men där blev han stående. "Bara han inte kommer tillbaka", tänkte hon. Efter att ha stått still mitt på gångbanan, i vad som för Angelica föreföll som en evighet, gick han fram och satte sig på trappan som ledde in till frisören. "Vad håller han på med, kan han inte gå hem!" Angelica kände sig desperat, hon såg en äldre man komma fram och säga något till Hans som tydligen kände sig besvärad av mannens uppmärksamhet och reste sig, inte utan besvär, och började gå bort mot torget. Hon kände en enorm lättnad när han försvann ur synhåll. Efter detta spektakel bestämde sig Angelica för att helt bryta kontakten med Hans.

När det ekonomiska stödet upphörde hankade sig Hans med möda fram på de pengar som antikvariatet gav. När det så blev dags att amortera lånet blev situationen ohållbar, han vände sig förgäves till de institutioner som så frikostigt hjälpt honom att komma igång, för att få hjälp. Tre år efter det att Hans övertog antikvariatet slutade det hela med avveckling och skulder på en kvarts miljon.

Nu var han inte berättigad till någon ersättning från A-kassan, varför han blev tvungen att söka socialbidrag och i avvaktan på utredning hade han inga pengar till hyran, en hyra som han redan delvis var skyldig sedan tre månader. Han insåg att han borde ringa vicevärden men obehaget blev för stort och inget hände — inte förrän några veckor senare när det kom ett kuvert från Whilborgs, han visste vad det innehöll redan innan han öppnat det och blev således inte förvånad när han läste igenom uppsägningen av sitt hyreskontrakt. Bristen på överraskning lämnade fältet fritt för ångesten, tre veckors uppsägning! "Var skall jag nu ta vägen? Hur fan ska jag hinna fixa ny lägenhet på tre veckor!" Hans såg framför sig bilden av ett sjaskigt hotellrum på Väster. Socialsekreteraren, som han nu fått sig tilldelad, hjälpte honom först att få en månads frist hos den gamla hyresvärden, därefter med en ny lägenhet, en tvåa ute på Lindängen och betalade dessutom flyttkostnaden, allt detta dock först efter det att Hans varit på Arbetsförmedlingen och registrerat sig som arbetssökande.

Arbetsförmedlaren såg genast att Hans var ett hopplöst fall, endast "åtgärder" kunde få bort honom ut arbetslöshetsstatistiken. Det blev en tre månaders datakurs i Furulund. En morgon när han skulle ta Pågatåget till Furulund såg han Margareta stiga av Lundatåget. Först såg han bara hennes ansikte i trängseln. "Det var väldigt vad hon strålar", tänkte han. När folkmassan för ett ögonblick glesnade, såg han det — hon var gravid! Han reagerade som om någon sparkat honom i magen, stelnade som i kramp. Hans som just varit på väg fram mot henne för att hälsa stod nu där, mitt i folkvimlet, utan en tanke i huvudet, till synes helt oförmögen att motta sinnesintryck utifrån. När han så småningom vaknade upp ur förlamningen och insåg var han var, vände han snabbt om för att lämna stationen men när han såg Margareta gå längre fram stannade han upp och väntade, först när hon försvunnit lämnade han stationen och tog bussen hem.

Efter detta blev det alltmer vanligt att han var borta från kursen. Hans började känna sig alltmer trött, han orkade inget tyckte han. Hans nya hem blev ångestskapande och den omgivning han nu bodde i kändes totalt främmande för honom, resultatet blev att han återupptog vanan att tillbringa eftermiddagarna på "Bullen", nu med den skillnaden att han i brist på annat blev sittande, ofta hela kvällen. Efter ett tag hade han utvecklat ett mönster som innebar att han sov på dagarna och tillbringade kvällarna på "Bullen", en livsföring som snart satte sina spår i hans allmäntillstånd och vid ett av sina besök hos socialsekreteraren blev han på det klara med att han nu var föremål för en utredning om förtidspension.

En dag då han var nere för att köpa mat i centret kände han en plötslig smärta i bröstet, så intensiv att han inte kunde stå upprätt men folk uppmärksammade hans belägenhet och hjälpte honom till ett vilorum där någon trots Hans protester ringde efter en ambulans. Han hade fått en lätt hjärtinfarkt och blev inlagd för observation. Efter 4 dagar blev han hemskickad med recept och stränga förhållningsregler avseende livsföringen. Han hade inte pengar att avvara till medicinen och vad gällde förhållningsreglerna ville han bara bli lämnad ifred. En kväll tre veckor senare satt han på Bullen som vanligt tills de stängde. Han hade tagit taxi dit iklädd endast kavaj. När han nu kom ut snöade det. Pengarna var slut, han hade nätt och jämt till bussen. När han kom till Gustav Adolfs Torg blev han på det klara med att bussarna slutat köra varför han blev tvungen att gå hem. På väg upp för trappan från gångtunneln under Dalaplan kände han plötsligt att han inte fick luft — denna gång var det en massiv infarkt. Hans hade varit död i trekvart när en förbipasserande väktare upptäckte honom.

Angelica kämpade med sig själv för att komma upp, det kändes som om både ben och huvud var av bly när hon reste sig ur sängen. Trots att det var två veckor kvar till nästa lön var hon pank. Hon hade därför varit helt inställd på en nykter kväll när hon lånat till entrén och gått till KB kvällen innan. Hon träffade emellertid på en av dessa pojkar som försöker göra intryck genom att vara generös, på Angelica hade detta rakt motsatt verkan, vilket tycktes gå honom spårlöst förbi, resultatet blev att Angelica innan kvällen var slut druckit för mycket, dock inte mer än att hon med visst besvär lyckades bli av med honom när hon skulle gå hem. Efter att ha kommit ur sängen och tagit en snabb dusch satte hon sig med en kopp kaffe och en cigarett. Hon hade en kvart på sig och började som vanligt att bläddra i tidningen utan att egentligen hinna läsa något. Men denna morgon stannade hon upp — Hon kunde senare inte förklara varför — och svepte över sidan med en förströdd blick. Hon fortsatte bläddrandet för att i nästa sekund tänka: "Vad var det?" Hon vände tillbaka sidan — jo, det stämde, en liten dödsannons, Hans var död! Det kom helt oväntat och kändes overkligt. Hon kände sig tvungen att läsa annonsen flera gånger, det var som om insikten krävde upprepning. "Hans Mollgren 1945–1999 Jordfästningen har ägt rum", inget mer. "Jag undrar vem som satt in annonsen", tänkte hon. "Han blev bara 54 år". Det hektiska sociala liv hon ägnat sig åt efter förhållandet med Hans kändes plötsligt så futtigt, hon tappade livsgnistan, fick inte lust med någonting, livet kändes meningslöst. Hennes psykolog sände henne till en läkare vilken diagnostiserade depression och ordinerade Cipramil.

Ett halvår senare, då hon återfått en viss energi, anmälde hon sig till en kurs i Healing. Denna kurs upplevde Angelica som en skänk från ovan, detta att kunna hela andra skänkte stor tillfredsställelse, hon kände att hennes forna livsglädje återvände. Med stor iver lyckades hon övertala sin arbetsförmedlare om Healingens betydelse — Möjligen ville han bara bli av med henne — och med hjälp av ett "starta eget" bidrag kunde hon öppna en egen healingmottagning i den lokal som tidigare varit Hans antikvariat. Ett sammanträffande som ytterligare stärkte Angelica i hennes tro på ödet.

Efter sex månader flöt verksamheten bra men antalet besökare på mottagningen var inte tillräcklig, det insåg Angelica. Hon funderade på att skaffa sig mer utbildning och på så sätt kunna erbjuda ytterligare terapier, det var i första hand zonterapi hon tänkte på. Det visade sig emellertid svårt att kombinera studier med att hålla mottagningen öppen. Det var då hon fick idén, genom ett förslag från en av sina kunder, att starta en studiecirkel. Detta visade sig vara en mycket bra idé då hon kunde utnyttja sin egen lokal samtidigt som hon genom cirkelverksamheten ökade möjligheterna att värva nya kunder. Efter viss hjälp från länsarbetsnämnden beslöt Angelica att dra igång en åttaveckors kvällskurs i massage, hon skulle själv fungera som arrangör och samtidigt delta i kursen, handledare skulle hon hyra in. Via ett av studieförbunden fick hon kontakt med en sjuksköterska som tidigare lett massagekurser för dem, de träffades första gången på Angelicas mottagning, det var ett kort möte där de kom överens om praktiska ting, därefter sågs de inte förrän vid kursstarten. Där visade det sig snart att det uppstod ett ömsesidigt tycke mellan de båda jämnåriga, men i övrigt olika, kvinnorna, det började med att de samtalade efter lektionerna, senare brukade de gå till Gustav Adolf och fika, efter de två månader som kursen varade hade de blivit vänner.

Angelica hade inte haft mycket umgänge under det senaste året. Aptiten på livet hade inte varit densamma som tidigare samtidigt som arbetet med mottagningen tagit mycket tid speciellt de första månaderna. Ulrika, som Angelicas nya vän hette, hade brutit upp från sin gamla tillvaro, både förhållande och jobb, sedan knappt ett år veckopendlade hon nu till Århus där hon jobbade på Amtsjukhuset. Följden blev ett ganska uppsplittrat liv och förlust av många gamla vänner. De båda kvinnorna fann ganska snart att de tillbringade det mesta av den gemensamma fritiden tillsammans.

Från början var deras vänskap som vilken annan, ingen av dem kunde i efterhand förklara när eller hur förändringen ägde rum. I början gick de ofta ut tillsammans på helgerna och redan från början gick de också ofta hem tillsammans. Det var ganska tydligt redan då att de var trötta på det kroglivet kunde erbjuda, trötta på de män de kunde finna där.

När de första gången älskade med varann kändes det helt naturligt. Visserligen hände det efter en av dessa misslyckade fredagskvällar på stan och de var båda lätt berusade, vilket möjligen underlättade initiativet, men det hade funnits i luften mellan dem ett tag och frågan var bara när de skulle ta steget. Ingen av dem hade någon tidigare erfarenhet av kärlek mellan kvinnor, endast intimiteten mellan varann då Angelica allt oftare sovit över hos Ulrika, men inte av den intimitet som följer av att dela säng, bekymmer och närhet. Så det som från början varit ett långt steg till ett fullbordat förhållande, hade på ett omärkligt sätt krympt för var dag, för att till slut försvinna när de denna kväll helt naturligt övergick från godnattkram till kärleksakt.

Gunilla

D et hade gått en vecka sedan Torgny tyckt sig se Angelica i Kungsparken, när Gunilla ringde. Anledningen till hennes samtal var som alltid Angelica. Han kunde inte minnas att de någonsin talat om något annat under alla dessa år, vad annat kunde de tala om? Två människor från olika världar.

Gunillas kontakt med dottern hade under många år varit sporadisk och ensidig, det var Gunilla som ringde Angelica, aldrig tvärtom, det visste han. Nu hade något hänt, det märktes. Gunilla föreföll mer bekymrad än vanligt. Det var tydligt att hon haft mer kontakt med Angelica den senaste tiden och att hon varit hemma hos henne. Det senaste han visste var att Angelica flyttat, men det var länge sen, mer än ett år, trodde han. Flyttat och vägrat att tala om var hon bodde, eller med vem. "Du kan nå mig på mitt gamla nummer. Lämna meddelande på telefonsvararen." Gunilla hade då ringt honom, förfärad. Flyttat till någon man, mycket äldre än henne själv. Skandalöst mycket äldre, enligt Gunilla. Hur hon nu kunde veta det, när Angelica inte ville berätta något. Torgny drog sig nu till minnes deras senaste samtal, Gunillas tillskapade förfäran, hennes påstridighet. Vad kunde han göra? Man kan leda en häst till vatten men inte tvinga den att dricka, ett ordspråk Gunilla aldrig förstått. Kanske kunde människor som var handläggare på försäkringskassan inte förstå, det skulle underminera grunden för deras arbete.

Men nu hade det varit tyst från Gunilla ett bra tag. Han blev därför överraskad av hennes samtal, delvis då det kom samtidigt som han själv tänkt försöka få tag på Angelica

"Var bor hon nu," frågade Torgny.

"Jag vet inte var hon bor nu!"

"Men var bodde hon när du var hemma hos henne?"

"I sin gamla lägenhet. Den har hon kvar..., tror jag."

"Men hon bor inte där?"

"Det verkar inte så."

"Är hon fortfarande ihop med samma man?"

"Nej."

"Nähä, men det är väl bra? Jag menar — du gillade ju inte honom."

"Jag tyckte ingenting om honom. Jag kände honom inte. Det var åldersskillnaden jag inte tyckte om."

"Men nu är det slut, säger du. Har hon träffat någon annan?"

"Jag är rädd för det."

"Vad menar du? Du vill väl inte att hon skall leva ensam hela livet?"

"Det vet du! Jag menar bara att jag är orolig för henne. Jag kan inte förstå varför hon alltid skall dras in i problem. Hon har aldrig lyckats behålla ett jobb en längre tid. Alla utbildningar har hon avbrutit. Och alla hennes problemfyllda förhållanden! Ja, hennes förhållanden..., jag förstår mig inte på henne."

"Vad är det nu med hennes förhållande?"

Torgny förstod att Gunilla hade något på hjärtat men att hon av någon anledning inte ville tala klarspråk.

"Jag skulle vilja att du ringde henne, hon är hemma ibland på vardagskvällarna. Försök prata med henne, mej lyssnar hon inte på."

Torgny fick ett telefonnummer, det var inte det som gick till Angelicas lägenhet vid Möllevången.

"Javisst kan jag ringa henne, det skall jag göra, men jag är inte säker på att jag förstått vad du vill att jag skall prata med henne om."

"Försök få henne förstå att hon måste börja ta ansvar."

"Jaha, ansvar?"

"Ja! Man kan inte bara göra vad som faller en in här i livet."

"Det är nya tider Gunilla, Angelica upplever inte

världen med våra ögon."

"Jag förstår inte hur hon upplever världen, men om du förstår det kanske du kan få kontakt med henne... Jag oroar mig för henne, förstår du inte det! Jag vet inte vad det är för människor hon umgås med." Gunilla kunde inte dölja sin upprördhet och det blev uppenbart att samtalet inte ledde någon vart.

"Jag skall ringa henne."

"Ringer du mig när du talat med henne?"

"Ja, givetvis."

Han ringde till Angelica, hon var inte hemma. Det kändes nervöst att ringa henne, den egna dottern! Det var nog den långa tystnaden, men också samtalet med Gunilla, det var något i hennes röst som väckt undran. Och detta att hon inte ville säga rent ut vad som tryckte henne. Efter flera försök, flera timmar senare, fick han tag i henne. När hon äntligen svarade visste han plötsligt inte vad han skulle säga... Vad skulle han nu säga? I brist på bättre beslöt han att gå rakt på sak och prova sanningen.

"Din mamma är orolig för dig."

"Det är hon alltid, vad har hon nu berättat för dig?"

"Hon oroar sig för att du inte har något jobb och så tycker hon att du umgås med fel människor."

"Vad har hon sagt om det, vilka människor?"

"Ja, hon har väl inte sagt så mycket men det är väl det där med killen som är nästan i min ålder."

"För det första har jag inte träffat honom på ett helt år och för det andra var han inte lika gammal som du!"

"Nähä... Ja, egentligen har hon inte berättat något, men jag märker att hon är väldigt orolig och att det har att göra med ditt privatliv mer än det där med arbetslösheten."

"Jag vet vad det är. Jag bor ihop med en tjej och det kan hon inte acceptera."

"Bor ihop med en tjej, det kan väl inte vara så svårt att acceptera...."

"Vi lever ihop."

"Ja... Ni lever ihop, menar du att hon är lesbisk?"

"Ibland låter du som mamma! Lesbisk, du får det att låta som en sjukdom. När jag säger att vi lever ihop så menar jag att vi lever ihop, som viket par som helst. Jag trodde inte att du var lika trångsynt som mamma!"

"Jaha, då fattar jag varför hon var så upprörd."

"Det fattar inte jag."

"Jodå, det gör du! Du är inte dum, du förväntar dig inte att din mor skall hänga med i eller ta till sig dessa nya sociala konventioner. När hon var ung var detta otänkbart, det vet du och nu har du dåligt samvete, det hörs på dig — det är därför du ha taggarna ute."

Det blev tyst i andra änden, en talande tystnad. Ibland, när man känner någon mycket väl, kan man uppleva nästan lika mycket i en tyst telefonlur som om man vore i samma rum som den man pratar med. Detta var ett sådant tillfälle, denna korta men talande tystnad fyllde honom med en varm känsla. All denna tid, allt detta främlingsskapande föll platt inför den närhet han då kände inför henne.

"Bli nu inte sentimental. Trivs ni ihop, är det en bra tjej?"

"Ja."

"... Det är länge sen vi träffades, skulle vi inte kunna ta en fika tillsammans?"

"Jo."

"Vill du det?"

"Ja, det vill jag."

Han kände sig plötsligt stressad, måste bestämma tid och plats innan hon ångrar sig.

"Nästa torsdag på Bagerikafèet, till lunch. Vad säger du om det?"

Han visste inte var han fått det ifrån, han brukade aldrig gå på Bagerikafèet. Det var som om han sagt det innan han tänkt det.

"Jo, det låter bra. Jag har inget för mig på torsdag."

Efter samtalet känd han sig upprörd, men det var en angenäm upprördhet, han såg redan fram mot nästa torsdag och deras möte. Redan på tisdagen ringde Angelica och frågade om det var okej att Ulrika — så hette tjejen hon bodde ihop med — kom med. Det hade han ingenting emot. I själva verket kände han sig ganska nyfiken på vem det var som tilläts smeka bort

63

dotterns otrygghet när natten föll. Vem var Ulrika?

En trend. När började den? Det måste ha varit 80-tal, någon gång. Brända flickor söker tröst hos varann. Orkar inte med fler besvikelser från män. Besvikna och sårade står de öppna att låta sig intas, av beskyddet och förälskelsen från någon flata eller tryggheten hos någon medsyster. Utan gårdagens moralbarriärer blev bejakandet av bisexualiteten till ett effektivt vapen mot ensamheten. Han hade hört att i New York flyttade även ensamma män ihop, män som på grund av karriären förött sina äktenskap. Torgny misstänkte att männens agerande var styrt mer av begär än ensamhet. Själv hade han inga problem att acceptera ett lesbiskt förhållande — även då den egna dotter var inblandad, kunde han konstatera. Men han insåg hur problematiskt detta var för Gunilla. Förutom att krossa hennes kälkborgerliga drömmar om den lyckliga familjen uppstod också problemet att berätta eller dölja det för sina vänner.

Gunilla, som skulle fylla sexti i år, hade tillbringat hela sitt vuxna liv som kontorsslav på Försäkringskassan. Det var där hon hade sin identitet, en identitet som i mycket innehölls i hennes befattning, men som också formades av de institutionaliserade värderingar och den samhällssyn hon omgavs av. Man kan säga att hennes värld i allt väsentligt sammanföll med den värld hon arbetade i. I den världen var sociala avvikelser detsamma som problem vilka alltid ledde till hjälpbehov, ett hjälpbehov som på grund av det omfattande missbruket fått en negativ stämpel. I hennes värld bottnade hjälpbehovet till stor del i en ovilja att arbeta, en ovilja att som alla andra kämpa på. Och till Gunillas stora sorg hade Angelica ännu inte, efter 34 år, visat denna så nödvändiga vilja att anstränga sig, att nu flytta ihop med en lesbisk kvinna innebar då att en redan instabil social situation förvärrades. Han kände Gunilla väl och skulle kunna förutse denna reaktion utan att tala med henne. Nu hade han fått den bekräftad vid deras samtal, detta trots att hon inte nämnt ordet lesbisk, ja inte ens nämnt Ulrika eller att Angelica flyttat. Meningen med denna tystnad var att Torgny själv skulle upptäcka hur illa det var, att han inte senare skulle kunna påstå att Gunilla överdrivit eller missuppfattat.

*

Så annorlunda hon var, eller framstod, då −68. Året då allt hände enligt senare generationer. Torgny hade flyttat in i ett nybildat kollektiv. Efter en månad visste han att han inte kunde bo kvar där. Han sökte gemenskap men fann organiserad rollfördelning. Han kunde aldrig minnas när han först lade märke till Gunilla som något annat än en av kollektivets medlemmar, vad det var som fick henne att framträda. Utanförskapet var det som förde dem samman. Känslan var ömsesidig och de drevs likt magneter mot varann, till varann och in i varann, helt uppslukade. Efter tre månader lämnade de kollektivet och flyttade tillsammans in i en tvåa på Amiralsgatan. Den starka känslan av frihet från kollektivets inrutade tvång kom att prägla deras tid där. Torgny var fortfarande övertygad att solen alltid sken in i den lägenheten. Ett förhållande fyllt av kärlek. När Gunilla blev gravid var det barnvänlighet som gällde och de flyttade till en trea på Nydala, modern och bekväm, ljust och grönt, och som han kunde minnas var det i den stämningen deras dotter föddes. Det var först senare som förändringen inträdde. Alla de små konflikterna som växte och till slut förvandlade deras förhållande till ett enda stort skavsår. I efterhand blev det uppenbart att de var alltför olika, men det var som om han inte sett henne tidigare, denna medelklassflicka med sina akademiska betyg men utan förmåga till reflektion. Angelica var tre när han flyttade.

Olycklig i en rivningslägenhet på Kungsgatan drogs han in i hippiesvängen, medan Gunilla gifte om sig med den där Limhamnssnobben Kjell. De lyckades aldrig få barn, det berättade Angelica för honom många år senare. Resultatet blev en mycket sporadisk kontakt mellan honom och Angelica under nästan tio år. Inte förrän tonårsperioden inträdde började deras förhållande fördjupas, då tycktes plötsligt allt föra dem närmre varann. Han hade fått nog av flummlivet och funnit ett nytt jobb som han trots allt trivdes ganska bra med, för första gången hade han skaffat sig en lägenhet som gjorde att han kunde erbjuda Angelica att sova över när hon kom på besök. Angelica hade kommit i puberteten och behövde frigöra sig från mamman. Gunilla och Kjell flyttade isär och skilde sig. Allt detta medverkade till att far och dotter kunde utveckla ett förhållande som aldrig funnits där tidigare.

Förhållandet kom att bestå till det att Angelica flyttade hemifrån, flyttade från Gunilla. Detta kom att bli början på en lång rad konflikter mellan Gunilla och Angelica där Torgny blev angripen från båda håll, anklagad för att alltid stå på den andres sida. Med Gunillas ögon var dessa anklagelser i mycket befogade då deras värderingar numera var så väsensskilda att han nästan alltid kände förståelse för Angelica. Dottern slogs mot väderkvarnar, det visste han, men att få henne själv att inse det visade sig omöjligt.

Martin

M artin tittade återigen på klockan, den hade blivit åtta, han insåg att det inte skulle bli någon mer sömn denna natt, det som hänt under kvällen och natten var alltför omtumlande, det förstod han och beslöt sig för att stiga upp och ta en morgonpromenad.

Han bodde i ett av dessa sekelskifteshus där trapphusen leder ner till en gemensam portgång. När han öppnade trapphusdörren ut mot portgången var denna helt mörklagd. Lite trevande klev han de två trappstegen ner från trapphuset för att upptäcka att marken var täckt med glasskärvor, tydligen hade någon roat sig med att krossa belysningen ovanför båda trapphusen. Martin trevade sig fram mellan cyklar och sopkärl mot porten, han kunde inte minnas att det varit mörkt där när han och Vera passerat några timmar tidigare. Kunde han ha varit så distraherad av henne att han inte märkt något? Det föreföll honom otroligt. När han öppnade porten möttes han av en bländande morgonsol. När ögonen vant sig blickade han ut över torget som låg helt öde vid denna tidiga timma, så när som på en ensam blomsterförsäljare som höll på att montera upp sina bord. Utan mål sneddade han över torget och korsade Amiralsgatan. Uteliggargänget som höll till i planteringen på hörnet vid S:t Knuts väg hade redan hunnit förflytta sig bort till systembolaget på Norra Parkgatan, för att slippa deras ständiga frågor efter busspengar och cigaretter gick han över på parksidan och ner mot Möllevången. Han kände hur det sög i magen och insåg att det gått mer än femton timmar sedan han senast ätit någonting. Han beslutade sig för att gå bort till något av fiken på Möllan som redan öppnat och äta frukost. Vid denna tid på dagen var det ännu gott om plats på serveringarna, torghandlarna var fortfarande i full gång med monteringen av sina stånd runt torget. Han valde ett bord i solen, gick in och plockade till sig två ostfrallor och en kopp kaffe, men när han betalt ångrade han sig och satte sig istället inomhus vid ett av fönsterborden. Efterhand som han åt sina frallor och drack sitt kaffe kände han en tilltagande oro, till slut kände han sig som inför en viktig badmintonmatch, kramp i mellangärdet, hjärtklappning och allt utan orsak! Han försökte varva ner genom att koncentrera sig på aktiviteten på torget utanför, men anblicken av detta myller av motiverade människor i full färd att förverkliga dagens planerade handel fyllde honom bara med en känsla av hopplöshet. Då detta var en helt ny erfarenhet blandades hopplösheten med förundran.

För Martin hade livets grundvalar alltid tett sig självklara. I livets alla roller, barnet, eleven, medarbetaren, partnern, hade han alltid varit den välanpassade och detta utan att han någonsin upplevt att han behövt förställa sig. Den ångestladdade känsla han nu upplevde hade börjat några veckor tidigare då den alltid så fasta och självklara grunden för hans dagliga liv plötsligt föreföll borta. Egentligen var det redan när Ulrika flyttat som det började men det var inte förrän han blev sjuk som han kom att fundera över och förstå sin situation. Det hade börjat som en vanlig förkylning men han blev så svag att han efter en vecka blev tvungen att uppsöka läkare, denne tyckte att han verkade utarbetad och rekommenderade ett lugnare tempo. Diagnosen och den påtvingade stillheten i hemmet gav tillfälle och anledning till begrundan, han blev nu medveten om att det gått mer än ett halvår sedan Ulrika flyttat ut och att han under denna tid inte tillbringat en enda hel kväll ensam hemma, han insåg också att han varit berusad i stort sett varje veckoslut under denna tid. Det var då han bestämde sig för att skapa mer ordning i sitt liv och mer ordning var för Martin detsamma som ett nytt förhållande. Han hade i och för sig träffat på flera trevliga tjejer som visat sig intresserade, men det hade stan-

70

nat därvid då han själv hade saknat intresse. Varför hade han tillsynes saknat intresse för tjejer under nu mer än ett halvår? Nu framstod denna brist på intresse som underlig, vad berodde den på? Martin blev med ens varse hur mycket han saknade Ulrika. Han var helt försjunken i fragmentariska tankar kring Ulrika och det gångna dygnets upplevelser med Vera när han avbröts av en högljudd fråga.

— Är det okej att slå sig ner här?

Han tittade upp på mannen som redan satt sig vid bordet bredvid.

— Javisst, svarade Martin lite förstrött.

Mannen fortsatte sitt högljudda prat som verkade riktat till vem som ville höra på. Detta fick Martin att känna sig störd i sina tankar och han lämnade stället. Han undvek den tilltagande folkhopen på torget och gick via Bergsgatan och Möllevångsgatan bort mot Södra Förstadsgatan.

När han i tankarna försökte reda ut vad som hänt honom, dels den gångna natten, men också varför det blivit så här efter Ulrika, blev det bara till ett enda virrvarr i huvudet på honom, han kände att han inte orkade tänka på det, istället infann sig en stark lust att lämna alltihop och ge sig iväg. Han blev väckt ur sina funderingar när han passerade en av dessa besynnerliga predikanter som stod och skrek ut sitt budskap mitt på Triangeln. "Det måste bli ett slut! GUD talar till DIG! Du måste lyssna!" Martin lyssnade inte, han tyckte sig plötsligt se Ulrika vid grönsaksståndet några meter bort, för att i nästa ögonblick inse att han misstagit sig. Han gick in på Intersport för att prova ett par nya badmintonskor. När han kom ut hade antalet människor på gågatan tilltagit, Martin kände sig besvärad och vek av in i Holmgången. Solen nådde ner i en smal strimma mellan husen just vid den lilla fontänen och glimmade i ett av de små gjutjärnsborden. Det verkade så inbjudande att han slog sig ner.

"Vilken konstig tjej" – Martin var i tankarna tillbaka i nattens händelser – "det var precis som om hon valt ut mig..., varför?" Återigen kände han en okontrollerad oro välla upp inom sig. För att skingra tankarna gick han in i den lilla serveringen och köpte en glass. Varför ville Paul plötsligt gå på Hipp igår? De brukade ju alltid gå till Paddys. Han kunde inte sluta att tänka på Vera, hur hon hetsat upp honom i taxin och när hon klädde av sig i sovrummet, men nu kände han absolut ingen upphetsning. Det kändes mer som att tänka på en film man sett, tyckte Martin. Det var bara så svårt att koncentrera sig, han kände sig mycket skärrad och oförmågan att få kontroll över sig själv förvärrade situationen. Han började åter att tänka på Ulrika, undrade över om hon flyttat till Danmark, till det där jobbet i Århus, det måste ha gått minst ett halvår sedan han senast talade med henne.

Den för Martin nya känslan av livet som torftigt

och meningslöst åtföljdes nu av allt livligare fantasier kring Ulrikas möjliga framgångar. Han började fantisera om henne tillsammans med en ny man och plötsligt framstod det som ett reellt hot att hon skulle dyka upp här och nu, i den smala passagen där han inte kunde undkomma, och presentera honom för sin nya partner. Martin reste sig hastigt och flydde därifrån, han korsade gågatan i snabb takt och fortsatte ner på Lugnet, inte förrän han nådde Brogatan släppte det lite. Martin förstod inte vad som höll på att hända, han kände sig mycket rädd men fortsatte, närmast mekaniskt, sin vandring. Avskärmad från omgivningen, med tankarna virvlande runt i huvudet, fortsatte han Kaptensgatan upp mot city. När han kom till korsningen med Kungsgatan fick han en impuls att vända österut mot Rörsjöstaden, om han gick förbi Ulrikas hus skulle han kanske kunna se om hon bodde kvar, om hon tagit jobbet i Danmark skulle hon väl inte ha kvar sin lägenhet? Han stod mitt i den nu livligt trafikerade cykelkorsningen helt handlingsförlamad, oförmögen att bestämma sig för i vilken riktning han skulle gå lät han sig dras med av strömmen ner mot city. Vid Hansakompaniet, i höjd med Stadt Hamburgsgatan, stannade han med ens upp och vände snabbt om. Han var nästan säker på att det var Vera som tillsammans med några andra satt och fikade vid croissantstället längre fram. Han vände tillbaka samma väg han kom men kände att han snabbt måste

bort från trängseln och sneddade genom Wallen-
bergsparken, bort mot baksidan av Södertull. Där var
det som vanligt halvtomt och lugnt. Han valde när-
maste servering och slog sig ner vid ett bord nära ka-
nalen och beställde in en stor öl men fann att solen
stack honom i ögonen, irriterad bytte han bord. Nu
kunde han se människorna på väg över Paulibron, där
han själv passerat för en stund sedan. Han föreställde
sig Vera sittande med sina vänner bara ett par hundra
meter bort och undrade hur hon beskrev gårdagen
för dem. Ja, vad skulle han själv säga till Paul, Paul
som antagligen redan ringt hem till honom.

En kvinna kom ut från den angränsande resebyrån
och vände bort mot gågatan, han såg henne bara bak-
ifrån, men slogs av hur lik Ulrika hon var... Han kun-
de inte förstå varför hon lämnat honom, varför hon
tröttnat på honom, de hade haft det bra tillsammans,
Ulrika hade aldrig klagat på deras förhållande, inte
förrän hon plötsligt ville flytta ut. Själv hade han
kommit att älska henne mer och mer. Han visste att
hon vid någon tidpunkt tröttnat på honom, och att
det därefter aldrig blev sig likt mellan dem, men när
eller vad som fått henne att tröttna det hade han ald-
rig förstått och Ulrika hade aldrig sagt något. De hade
egentligen aldrig pratat så mycket med varann om
känslomässiga svårigheter. Martin kände en stor sak-
nad efter en förklaring..., det var ju ingen annan, det
visste han. Hon hade sagt att hon förändrats under de

74

år de levat ihop, att hon kände sig bunden och begränsad i deras förhållande och att hon nu behövde frihet att få stå på egna ben. Martin förstod inte, varken nu eller då, han hade inte på något sätt försökt att begränsa henne, hon hade haft full frihet att hålla på med sitt och att utvecklas. Han kunde inte acceptera hennes förklaring, det gick inte att tro på hennes försäkran att det inte hade med honom att göra. Han hade känt sig misslyckad och försmådd när Ulrika lämnade honom, avböjt hennes erbjudande om fortsatt vänskap och helt brutit kontakten med henne. Nu, när han satt där, ångrade han detta och greps av en stark impuls att gå direkt in och ringa henne från baren, men rädslan, fantasin, att bli avvisad hejdade honom. Det var kanske bättre att vänta till nästa dag, det var ju lördag eftermiddag och hon hade nog annat för sig idag. Han började fundera på vad han skulle säga, han provade olika öppningsfraser för sig själv, men trots sitt exalterade tillstånd insåg han efter en stund hur omöjligt det var, han visste ju inte ens om det var hon själv som skulle svara... Hon måste väl ha träffat någon annan, varför skulle hon leva ensam under så lång tid? Och även om han nu skulle få kontakt med henne hur skulle han kunna förklara vad som hänt, vad som höll på att hända med honom, han visste det ju inte själv!

Hopplösheten kändes nu bottenlös, den tog helt över och han kände hur paniken grep honom helt okontrollerat. Han var övertygad om att något fruktansvärt höll på att hända, han visste inte vad bara att han måste bort, bort från alla människorna här! Han började halvspringa därifrån. Efter några steg hörde han en uppfordrande röst från baren "Hallå! Du har inte betalt." Alla tittade åt hans håll. Uppmärksamhet var det sista han önskade sig just nu. Han tog snabbt upp en hundring och räckte servitrisen som följt efter honom, mumlade något ohörbart och skyndade runt hörnet för att slippa blickarna. Nu hade många affärer redan stängt och det var glesare med folk på torget, men Martin valde ändå att fly in i Södertullspassagen som låg helt öde. Hans hjärta bultade våldsamt, han kände sig skräckslagen över vad som hände inom honom. Han hade helt förlorat kontrollen över sig själv, höll han på att förlora förståndet? Han fortsatte snabbt, halvspringande, ut ur östra passagen, över gågatan och in i västra, i riktning mot gamla begravningsplatsen. Martin hade absolut ingen aning om vart han var på väg, bara att han inte kunde stanna och att han måste undvika människor. Inne på begravningsplatsen följde han gångarna i vad som beskrev en stor åtta från hörn till hörn, när han, en halvtimme senare, var tillbaks vid utgångspunkten kände han sig något lugnare. Han tänkte först gå hem vilket genast framkallade bilden av sovrummet och Vera, snabbt bestämde han sig för att gå ner till Centralens pub för att ytterligare lugna ner sig med ett par öl, därifrån kunde han ta bussen hem. Han valde smågatorna genom Gamla Väster ner till Norra Vallgatan, vidare över Hjälmarebron och bakom Börshuset fram till Centralen, ett sätt att vid denna tid på dagen passera Malmö city utan att träffa på mer än en handfull människor. Han kände att promenaden haft en lugnande inverkan och när han steg in på puben var han övertygad om att en whisky och några öl skulle återställa hans mentala balans.

Det visade sig emellertid omöjligt att samla tankarna, hans egen hopplösa situation, Vera, Ulrika, allt blandades ihop i huvudet på honom. Denna oförmåga att tänka klart spädde på hans rädsla för att förlora förståndet. Rädslan bedövades med alkohol och förhindrades därmed att övergå i panik och efter hand märkte han till sin lättnad att han kunde slappna av, uppmuntrad av detta viftade han till kyparen efter ännu en öl, men istället för en öl fick han det vänskapliga rådet att gå hem. Han hade suttit på samma stol vid baren sedan han kom, han hade absolut ingen aning om tiden, eller hur mycket han druckit. Då han till varje pris ville undvika konfrontationer gled han utan kommentarer ner från barstolen och gick på osäkra ben mot utgången. Med svårighet tog han sig ner för yttertrappan vid flygbussterminalen och började korsa gatan för att ta en taxi hem, plötsligt fick han för sig att ta fram pengar till taxin och började leta i fickorna efter sin plånbok, omedveten om omgivningen blev han stående mitt i gatan, fumlande i alla fickor. En irriterad signal från en stadsbuss fick honom att ta sig tillbaka till gångbanan, men hur han än letade hittade han inte plånboken. Martin kände sig nu mycket trött, det gick runt i huvudet på honom, han måste få sitta ner en stund innan han gick hem. Han tog sig bort till centralhallens svängdörrar och lät sig fösas med in, där slog han sig ner på första lediga bänk och somnade.

När SJ-vakten inte kunde få liv i honom ringde han efter polis. Martin hade sovit i tre kvart när piketpoliserna anlände. Efter att ha förhört sig hos SJ-vakten och försökt få liv i Martin bestämde de sig för att ta honom mellan sig och bära honom ut till bilen. Utan koordination lyfte de upp honom i armhålorna så att benen knappt rörde vid marken, vilket fick till följd att Martins högra axel nästan gick ur led. Det var den plötsliga starka smärtan som väckte Martin, poliserna som inte märkte att han vaknat började släpa iväg honom. I Martins tillstånd gick det inte att rätt uppfatta situationen, han förstod inte var han var, bara att några mycket hårdhänta personer släpade honom mellan sig samtidigt som människorna runtomkring alla stirrade på honom och att han hela tiden hade fruktansvärt ont i höger axel. Han greps åter av panik. "Vad tänker de göra med mig? Varför är det ingen som ingriper? Släpp mig!", Martin började skrika, ganska osammanhängande, samtidigt som han försökte komma loss.

Hans nästa minne var när han vaknade upp på sjukhuset. Det blev ett mycket obehagligt uppvaknande för Martin, han kom inte ihåg någonting av vad som hänt efter det han lämnade puben och nu låg han här i en sjukhussäng. Först trodde Martin att han råkat ut för en olycka och började gå igenom sin kropp, utan att finna något, inga sår, inget gips, inga smärtor, ingenting. Han började titta sig omkring i rummet och upptäckte då att det fanns en annan person där, en äldre man i djup sömn, efter en stund kom det in ett biträde och genast ville Martin veta:

"Varför är jag här? Jag vet inte var jag är — ja ... Var är jag?"

"Du är på Psykiatriska avdelningens akutmottagning, jag skall säga till sköterskan att du vaknat så kommer hon och pratar med dig. Vill du ha något att dricka?"

"Nej. Hämta sköterskan!"

Psykens akut! Genast återkom gårdagens rädsla för galenskap. Sköterskan kom in och märkte hans tilltagande stress.

"Hej! Hur känner du dig?"

"Håller jag på att förlora förståndet?"

"Nej, det tror jag inte, det här löser vi nog. Du kommer att träffa läkaren i eftermiddag. Nu skall du få lite frukost sen kommer du nog att känna dig bättre."

"Men vad har hänt mig? Jag minns inte när jag kom hit."

"Du kom in i går kväll förvirrad och berusad. Minns du inte om det hänt dig något ?"

"Jo..."

Martin visste inte hur han skulle förklara, egentligen hade det ju inte hänt så mycket, han visste att det hänt något oerhört inom honom, men varför? Det fanns ju ingen orsak, i alla fall ingen som någon annan kunde se. Hur kunde han förklara det här? Han förblev tyst.

"Försök att koppla av nu så kanske du kan berätta för läkaren senare idag."

På eftermiddagen kom en ung kvinnlig läkare in till Martin och ville att han skulle berätta. Martin som börjat känna sig märkvärdigt lugn och oberörd — Han misstänkte att det berodde på tabletterna de gett honom — lyckades lämna en god redogörelse för gårdagens händelser, att beskriva den där känslan av hopplöshet och den opåkallade rädslan. Det där med Vera var pinsamt att prata om inför en ung kvinna, ja, den här läkaren verkade mer som en flicka, tyckte Martin, och inskränkte sig till att beskriva kvällen som misslyckad. Det blev bestämt att han skulle stanna till nästa dag för observation. Efter måndagsmorgonens rond kom läkaren tillbaka till honom, han fick veta att en psykisk överansträngning lett fram till en depressiv reaktion. Martin skulle nu vila upp sig hemma under en vecka, därefter börja jobba halvtid samtidigt som han skulle medicinera mot depressionen, han skulle äta Fontex minst sex månader framåt, dessutom blev han ordinerad Stesolid, att ta vid akut oro. Hans fall flyttades över till sektor Centrums öppenvårdsmottagning. Han blev också erbjuden att ställa sig i kö för terapi, en kö som för närvarande var ett och ett halvt år lång, upplyste läkaren. Martin kände sig helt omotiverad men lovade att tänka på saken. Nästa morgon, efter tre dagar, kunde en lättad Martin lämna MAS, men det skulle dröja ytterligare fem veckor innan han fick reda på vad som egentligen hänt den där lördagskvällen.

Martin hade sedan några veckor börjat jobba heltid. De inledande biverkningarna av den anti-depressiva medicinen hade försvunnit och han kände att han började fungera någorlunda normalt igen, men Martin visste att det aldrig skulle bli som innan, de erfarenheter han fått var sådana att de påverkade hans personlighet och därmed hans förhållningssätt till livet. När han denna kväll kom hem från jobbet låg där ett brev från polisen, det var en kopia av polisrapporten från händelserna på Centralstationen den där ödesdigra lördagskvällen, fem veckor tidigare. Martin blev sittande med ytterkläderna på och läste genom rapporten två gånger, först nu fick han reda på att Ulrika varit där! Att läsa denna torrt sakliga beskrivning av sitt eget beteende och samtidigt redgjorde för Ulrikas roll, det kändes outhärdligt. Martin tog två Stesolid och slängde sig på sängen. Han hade under de senaste veckorna kommit fram till hur dumt det varit att helt bryta kontakten med Ulrika och bestämt sig för att ringa henne i avsikt att återuppta ett vänskapsförhållande, men nu..., efter detta skulle ingenting kunna få honom att ta kontakt med henne. I själva verket fasade Martin inför tanken att någonsin behöva konfronteras med Ulrika igen. Han bestämde sig för att glömma allt det som hänt honom denna fruktansvärda höst. För att glömma måste det till något drastiskt. Martin beslutade sig för en lång semesterresa, där sol, avkoppling och nya upplevelser borde kunna tränga undan alla obehagliga minnen.

Mötet

Han var där i god tid och satte sig att vänta på en bänk utanför Saluhallen. En kvart efter överenskommen tid såg han dem komma borta på Skomakaregatan och kunde studera de två när de sneddade över torget. De var inte direkt lika. Medan Angelica alltid velat framstå som en sökare framstod Ulrika vid första anblick mer som en affärskvinna. Angelica sken upp när hon upptäckte honom, det var han säker på, hon omfamnade honom och han henne, mer trevande än innerligt dock. Angelica presenterade honom för en, som han tyckte, något avvaktande Ulrika. Under sin väntan hade han insett svårigheten att under lunchtimmen föra ett någorlunda ostört samtal på Bagerikaféet.

"Det var kanske ingen bra idé med Bagerikaféet vid denna tid på dagen."

Han vände sig mot kaféet där trängseln nu snabbt ökade.

"Vad säger ni om Mäster Hans? Där borde det vara

lättare att finna ett bord där man kan föra ett normalt samtal."

"Jo, Mäster Hans blir bra, jag gillar deras sallader."

Ulrika höll genast med, hon verkade lättad att slippa från den stökiga atmosfär som nu snabbt utvecklades kring Saluhallen.

Torgny nöjde sig med en mazarin och en kopp kaffe.

"Har du redan ätit lunch, frågade Angelica."

"Nej, jag äter i kväll."

"Du är dig lik."

De båda kvinnorna valde sallad.

De satte sig vid väggen i mitten av den långsmala lokalen. När de båda tog av sig kapporna och lade på stolen bredvid Torgny fick han sitt första intryck av Ulrika bekräftat, hon var en vacker kvinna av medellängd med mörkt halvlångt hår, strikt i såväl makeup som klädsel, kanske var det denna strikta framtoning som fick henne att framstå som den äldre av de två. Torgny märkte att Angelica iakttog honom noga och med ens förstod han varför hon velat ta med Ulrika till mötet — hon ville visa upp sin partner, hon kände sig stolt.

Samtalet fick en trevande inledning. Han ville prata om saker som upptog honom men hade svårt för att gå rakt på sak, istället började de prata om arbete och bostad. Torgny fick nu veta om Angelicas Healing-och massagemottagning. Angelica hade un-

der åren provat massor av mer eller mindre fantasi-
fulla sätt att försörja sig men så vitt han visste var
detta första gången hon startat egen firma. Men Ange-
lica som egen företagare och Healing? Torgny kände
tvivel, ett tvivel han inte ville visa, noga undvek han
alla frågor om ekonomi.

Hon berättade att hon sedan förra våren bodde i
Rörsjöstaden hos Ulrika.

"Har du inte kvar lägenheten på Möllevången,"
frågade han.

"Nej, har inte mamma berättat något om allt det-
ta?"

"Nej, vi har ganska sporadisk kontakt."

"Men du visste att hon oroade sig, som du sa, var-
för har hon då inte berättat? Hon hoppades väl att
det skulle ta slut så hon kunde slippa obehaget. När
du ringde trodde du att jag fortfarande var ihop med
Hans. Det är ju otroligt, det är mer än ett år sedan
jag avslutade det förhållandet. Ja, han är död, han
dog i vintras."

"Dog? Hur gammal var han?"

"52. Jag vet inget om hur det gick till. Jag blev
helt chockad när jag såg dödsannonsen i tidningen.
Senare hörde jag att han tillbringat varenda kväll
den sista tiden på Bullen, alltid berusad."

"På Bullen! När var detta?"

"Ja, senaste årsskiftet, han dog i vintras."

"Han hette Hans...Du har inget kort?"

"Kanske hemma, varför? Vet du vem det är?"

"Neej, det var bara att jag jobbat ganska mycket på Bullen så jag tänkte..."

Angelica hade börjat gräva i sin väska, efter en stund kom hon upp med ett knyckligt foto av sig själv och en man poserande i Kungsparken, han höll sin arm om Angelicas axlar, båda skrattade in i kameran.

"Här. Känner du igen honom?"

Jo, nog kände Torgny igen honom, mycket väl, denne man som han pratat med under så många timmar. Det hade alltså varit hans dotters älskare. Allt sentimentalt fyllesnack han hört från honom, det var om dottern han pratat hela tiden! Torgny blev helt ställd när han fick fotot i sin hand, de måste ha märkt det.

"Jo, jag har sett honom på Bullen, svarade han med ett förställt lugn."

"Så märkligt! Jag visste hela tiden att vårt möte var ödesbestämt men att ni skulle mötas... Det måste finnas en mening med detta. Du måste berätta!"

"Det är inte mycket att berätta om, han var bara en av de dagliga gästerna under en tid, sedan var han plötsligt borta och nu förstår jag varför."

"Pratade du med honom?"

"Han pratade och jag lyssnade."

"Nämnde han aldrig mitt namn?"

"Antagligen, men hur skulle jag veta att det var dej han pratade om... Han kan väl inte ha vetat vem jag var, jag menar att jag var din far?"

"Nej, han visste inget om mina föräldrar, jag tror inte han ville veta. Hans ville aldrig prata om det förflutna... Du har alltså träffat Hans! Det känns märkvärdigt. Du skall veta att mitt förhållande med Hans förändrade mitt liv, att jag har blivit en annan människa efter det. Det var en så osannolik händelsekedja som ledde fram till vårt förhållande." Angelica berättade hur hon först mött Hans och sedan börjat jobba hos honom.

Torgny fann det svårt att koncentrera sig på hennes berättelse och förstod inte vad det var som var så märkvärdigt. Han försökte minnas när Hans först dök upp. Han var en av dem som alltid kom ensam, gick ensam och alltid satt i baren, redan från början märktes det att han drack för att berusa sig. Han pratade ofta om tidigare, nu försvunna, stamgäster på ett sådant sätt att man förstod att han återvänt efter en tids bortovaro, det var så de började prata, Torgny frågade honom vad han gjort under denna tid. Hans hade berättat om sin bokhandel, hur han övertagit den från en kille han lärt känna på Bullen och som senare flyttat till Spanien eller Italien. Han berättade, alltmer bitter, om konkursen, sjukdomen, och den slutgiltiga sjukpensioneringen. Från början, under lång tid, kretsade samtalen mest kring litteratur — han var mycket beläst — och samhällskritik. Allt ändrades en kväll, flera månader senare, när den där kvinnan kom in. Lokalen var nästan tom när hon kom, en kvinna i medelåldern som varit där någon gång tidigare, nu kom hon insläpande på flera överfulla matkassar och gav ett nervöst, uppskruvat, nästan speedat uttryck när hon beställde en öl. Hela tiden flackade hennes blick runt lokalen sökande kontakt, men då de fåtaliga besökarna inte tycktes ta någon notis om henne drack hon snabbt upp sin öl, samlade ihop sina kassar och försvann ut.

"Jasså, hon kommer fortfarande hit, sade Hans."

"Inte ofta men jag tror mig ha sett henne förut."

"Känner du inte till henne?"

"Nej."

"Hon måste ha hållit till här de senaste tjugo åren. Hon klarar inte av att vara ensam. Det speciella med henne är att hon löst detta problem på ett sätt som garanterar fortsatt ensamhet."

"Jaha?"

"Så snart hon får tag i en kille som vill lyssna på henne börjar hon berätta om hur svårt det är att vara ensam på nätterna och i de fall killen verkar tveksam och börjar backa brukar hon helt ogenerat erbjuda sig att suga av honom om hon får följa med honom hem för natten och vid åtskilliga tillfällen har det slutat med att hon legat på knä i någon av portgångarna utanför och sugit av någon i hopp om att han skulle förbarma sig över henne. De nätter då allt detta misslyckades brukade man förr, när centralvakten fortfarande fanns på Davidshallstorg, kunna finna henne där uppe."

"Gick hon upp på polishuset bara för att slippa ensamheten?"

"Ja."

"Det måste råda ett mäktigt kaos inom en sådan människa."

"Ja, det tycks råda kaos inom många kvinnor idag trots deras prat om självförverkligande och frigjordhet."

Hans var som vanligt ganska berusad och Torgny trodde först inte mycket på hans historia, men den visade sig vara sann.

Det var den kvällen Hans började tala om sina egna kvinnor, inte bara den kvällen, därefter talade han mest om tidigare förhållanden. Långa osammanhängande monologer om kvinnor, äktenskap och åldersskillnader. Det var Angelica han pratade om! Han måste ha nämnt hennes namn. Vem kunde komma ihåg allt vad han sagt. Det var mest en ström av omdömen om olika personer, både män och kvinnor, okända människor. Hette hon inte Margareta den där kvinnan han ofta pratade om med sådan bitterhet, men också ofta om omöjligheten att leva med en yngre kvinna. Angelica? Om han lyssnat mer på honom, kanske han förstått? Lyssnat på en nedgången medelålders man med ett asocialt beteende, en som ständigt sökte kontakt men fullständigt tycktes sakna sociala ambitioner, ett fyllo som gett upp allt hopp om nya band, som bara ville prata av sig. Hur skulle han kunna koppla ihop honom med sin egen dotter? Till och med nu föreföll det helt obegripligt, Hans måste ha varit en helt annan person när Angelica var tillsammans med honom.

"Förstår du nu vad jag menar!"

Torgny vaknade upp ur sina funderingar. Han hade ingen aning om vad hon menade, han hade inte lyssnat, i ett försök att dölja detta försökte han byta ämne, och vände sig till Ulrika.

"Tror du också på ödet?"

"Ja, absolut. Jag ser det som ett resultat av tidigare handlingar."

"Det kallar inte jag ödet, det är ju mer kausalkedjor, det vill säga orsak och verkan."

"Jag menade handlingar i ett tidigare liv."

"Pappa tror inte på reinkarnation, det är vidskepelse enligt honom," flikade Angelica in med sarkasm.

"Jag har nog inte använt ordet vidskepelse, men det finns så vitt jag vet ingen vettig förklaring till hur denna återfödelse går till. Ingen förklaring till vad denna själ består av eller hur den transporteras från en kropp till en annan."

"Vi människor kanske inte kan förstå allting med vårt förnuft. Om man kan acceptera tanken på Guds nåd kan man väl acceptera reinkarnationen, men du kanske inte tror på Gud heller?"

Torgny hade alltid, så länge han kunde minnas, haft en dragning till religiösa människor, religionen framstod för honom som ett mycket intelligent sätt att tackla de yttersta frågorna. Hans egen grundmurade ateistiska ståndpunkt hade därför lett till något av beundran — eller kanske var det förundran — blandad med en viss avund gentemot sant troende. Angelica kände han, hennes tro på New-Age var mer trend än tro, men Ulrika, var hon troende? I hopp om att lista ut svaret försökte han hålla kvar samtalsämnet.

"Det är skillnad. Om Gud finns, jag menar då den kristna guden, då kan människan per definition inte ha kunskap om honom. Han finns ju inte i denna världen. Er reinkarnation däremot berör ju händelser i denna världen."

"När Ulrika och jag träffades första gången fick vi genast kontakt. Hon hade dagen innan varit med om något mycket obehagligt som påverkade vårt första möte," sade Angelica.

"Händelsen dagen innan öppnade mina sinnen. Utan öppet sinne skulle kanske vårt möte gått spårlöst förbi," inflikade Ulrika.

"Ödet ingrep för att vi skulle träffas," sade Angelica belåtet.

"Menar du att allt är ödesstyrt, att framtiden är förutbestämd?"

"Ja, absolut."

"I så fall, vad menar du med att ödet ingriper till det bästa? Om allt är förutbestämt hur kan då något vara bra eller dåligt. Om man upplever något som dåligt gör man ju det med nödvändighet. Det kunde helt enkelt inte vara annorlunda."

"Det finns krafter som ingriper i ens liv. Det var meningen att våra liv skulle förenas."

"Men hur kan du veta det, kunde det inte lika gärna vara slumpen?"

"Du är hopplös! " utbrast Angelica.

Torgny hade ingen större lust att diskutera religionsfilosofi med två New-Age anhängare. Nu hade emellertid de båda kvinnorna kommit igång, alldeles uppenbart kring ett ämne de båda gillade, men när de kom in på männens allmänt skeptiska attityd gentemot andliga frågor såg han sin chans att få veta något om Ulrika.

"Ni kanske bara faller för fel män," sade han vänd mot Ulrika.

"Det kanske bara finns fel män," skrattade hon.

"Du måste ha provat många för att kunna dra den slutsatsen."

"Okej, det var en generalisering, men under ett helt år innan jag träffade Angelica sökte jag aktivt efter en manlig livspartner, och det måste jag säga att om de män jag då träffade är representativa så är läget för männen mörkt. De allra flesta beter sig som om de bara hade ett intresse: sprit, eller möjligtvis två: sprit och sex."

"Svenska mäns krogbeteende är inte representativt, varken för mannen generellt eller för dem själva."

Nu behövde han inte undra mer över Ulrikas sexuella preferenser... Ulrika gjorde intryck, vem var hon?

"Vad gör du annars?"

"Jag jobbar som sjuksköterska i Århus, på Amtsjukhuset."

"Jylland. Pendlar du dit?"

"Ja, jag brukar åka hem de veckoslut jag inte jobbar."

"Är det lönen?"

"Ja delvis, men från början var det nog ett sätt att komma ifrån, att prova något nytt."

"Komma ifrån vad?"

"Gamla uppkörda hjulspår, ett avslutat förhållande. Jag höll på att bli helt passiviserad, både av mitt förhållande med Martin och av jobbet på Ahlmansgatan."

"Herregud! Klockan är halv tre, jag har en kund klockan tre. Jag måste sticka," utropade Angelica. Angelica och Ulrika reste sig båda. Själv skulle han gärna ha fortsatt samtalet, med situationen var ju inte sådan.

Resan

Torgny kände sig som kung där han satt i taxin på väg till Sturup. Resfebern som alltid infann sig några dagar innan varje resa, lång eller kort, hade hållit honom vaken större delen av natten, men i samma stund han satte sig i taxin var den som bortblåst. De senaste månaderna syntes allt ha gått hans väg, plötsligt var han ekonomiskt oberoende. "Vilket uttryck, ekonomiskt oberoende", tänkte han. Det betydde att han inte behövde jobba mer, att han kunde pensionera sig, flytta till Medelhavet, kanske Rimini. Italien, inte Spanien som han först tänkt. När mäklaren nämnt Rimini hade det lett tankarna tillbaka till 80-talet och tiden med Cecilia. De hade tillbringat två fina somrar tillsammans i hennes hus vid Medelhavet. Huset som mäklaren beskrivit, som Torgny fattat det, låg på andra sidan staden. "Men hon är ändå inte kvar där, hon lämnade både Sverige och Italien och flyttade till Frankrike" tänkte han.

Flyget var försenat, charter! Torgny hade aldrig

gillat idén med charter, detta att priset gick före allt annat och att man därmed förväntades vara villig att stå ut med vad som helst. Det värsta exemplet han sett var tyska charterbussar där resenärerna sov i kistor liknande de man förvarade lik i på bårhuset, kistor monterade mellan hjulen! Behovet av verklighetsflykt utnyttjat och drivet in absurdum!

Av alla tråkiga flygplatser tar Sturup priset, stället tycks förena estetisk och innehållslig frånvaro på ett sätt som leder tankarna till en busshållplats. Det hade alltid förvånat honom att platser endast avsedda som väntrum, utan undantag, utformades så att tiden — väntans primära innehåll — tycktes stå stilla. Bristen på nattsömn gjorde sig nu påmind, han kände sig trött men fann det omöjligt att slappna av.

Minuterna blev nu till timmar och irritationen växte. Äntligen ombord kom flygvärdinnan och ville förvissa sig om att han spänt fast sig i flygplansfåtöljen, hennes påklistrade leende irriterade honom. Nu ville han bli lämnad ifred, slippa flygvärdinnornas oengagerade vänlighet, soldyrkarnas överentusiasm och för allt i världen alkoholneurotikernas högljudda grabbighet. Han ville helst av allt sova sig genom resan.

"Martin."

Den yngre mannen till vänster om honom presenterade sig, ville få kontakt, det märktes.

"Torgny."

"Har du varit i Italien tidigare?"

Torgny betraktade sin granne, en ovanligt välkammad yngre man i nyköpta fritidskläder. För ett ögonblick var han frestad att inte svara, ignorera honom. Det var dock något med denne man som väckte om inte sympati så i alla fall medkänsla, vilket fick Torgny att känna sig skyldig ett svar.

"Ja, men det var länge sen."

Isen var bruten och mannen började ivrigt berätta om sitt förestående äventyr. En vecka vid havet och en vecka i Rom. Efter att ha pratat på om Italien en stund ebbade samtalet ut och Torgny började åter hoppas på vila.

"Tror du på miljöombyte?"

Det var med annan röst frågan ställdes. Det fick Torgny att öppna ögonen och titta på sin granne, när han svarade.

"Ja, till viss del kan det väl fungera."

"Jag har bara varit på charterresa en gång tidigare, jag föredrar den svenska naturen, men nu kände jag att jag behövde komma ifrån och slippa alla bekanta intryck, om man reser dit man varit tidigare minns man så mycket."

Mannens attityd var nu helt förändrad, Torgny väntade sig en längre bekännelse, och mycket riktigt, killen började prata om kärleksförhållanden, han ville prata av sig. Torgny lät honom prata utan att själv säga så mycket. När flygvärdinnan kom med frukost hoppades Torgny att detta skulle få tyst på grannen, men det blev endast en kort paus.

"Om man levt i ett långvarigt förhållande blir ju, mer eller mindre, alla ställen fyllda med minnen... Jag var ihop med en tjej i flera år, sen när hon gjorde slut tog det nästan ett år innan jag fattade det. Nu kan jag inte sluta tänka på henne."

"Det är jobbigt att bli lämnad av någon man stått nära, man känner sig försmådd, speciellt om den andre har hittat någon ny."

"Men det var ingen annan! Det vet jag. Hon ville känna sig fri sa hon, som om jag hållit henne inlåst. Hon är sjuksköterska, nu jobbar hon i Danmark."

"Kvinnor kommer ibland fram till att de håller på att missa något viktigt i livet. Hur gammal är hon?"

"Trettiofyra."

"Jämngammal med min dotter."

"Jaha, är hon gift?"

"Nej"

"Vad är hon, jag menar vad sysslar din dotter med?"

"Letar efter sig själv."

"Som jag då, ungefär," skrattade Martin lite nervöst.

"Det är bara det att hon hållit på med det hela sitt vuxna liv."

"Ulrika var alltid så målmedveten."

"Din före detta?"

"Ja."

Det tog en stund innan tanken nådde medvetandet. Martin pratade på, Torgny hade slutat lyssna. Kunde det vara möjligt!

"Jobbar hon på Rikshospitalet?"

"Nej, i Århus, varför det?"

"Det var bara att jag kände någon som jobbade där," ljög Torgny. Han kände sig villrådig och ville få slut på samtalet.

"Du får ursäkta men jag har sovit dåligt i natt och skulle behöva koppla av lite innan vi landar."

"Javisst, naturligtvis."

Han lutade sig tillbaka och slöt ögonen. Kunde det vara samma Ulrika? Hur många svenska sjuksköterskor som jobbade i Århus och hette Ulrika kunde det finnas? Om han bara kunnat komma ihåg namnet på hennes pojkvän, han var säker på att hon nämnt det. Det var frestande att fråga, men om det verkligen var han? Torgny hade vaken lust eller tid för något annat än husvisningen under sina dagar i Italien, han ville absolut inte bli indragen i en olycklig kärleksaffär. Han bestämde sig för att ta kontakt med Ulrika så snart han kom hem.

Mäklaren hade arrangerat ett möte med en engelsktalande representant som skulle visa huset som låg en bit söder om Rimini. På väg till mötet gick han fel och när han äntligen hittat rätt hade representanten tröttnat och gett sig iväg. Flera telefonsamtal och timmar senare blev det bestämt att hon skulle hämta honom på hotellet nästa morgon. Kvinnan visade sig vara en av dessa italienskor som skulle väcka uppmärksamhet om hon kom gående på Södergatan. Hon var mycket vacker och gav prov på det ohämmade bejakandet av exhibitionistiska böjelser som känns så italienskt. Många nordbor gör det stora misstaget att ta det som tecken på lössläppthet, men inget kunde vara mer fel, det visste Torgny. Det var alltså denna kvinnliga skönhet som skulle övertala honom att köpa ett hus några mil söderut, stilenligt körde hon en röd Alfa-Romeo, hon både körde och pratade snabbt. Hon hade pratat hela tiden sedan de lämnade hotellet, hennes engelska var hyfsad men uttalad i italienskt tempo blev det ganska svårt att uppfatta allt hon sade.

Det var ett gammalt stenhus omgivet av andra liknande hus ojämnt utspridda längst kusten. Han hade förberett sig väl, med checklista och allt, och tillbringade nästan två timmar i och kring huset för att försöka utröna huruvida detta var en plats där han skulle kunna tillbringa sin ålderdom, men det gick inte att komma fram till någonting. Den konstanta distraktionen från denna utstuderat vackra och oavbrutet pratande kvinna gjorde honom helt förvirrad. På återvägen blev hela frågan om flyttning ångestladdad och i ett ögonblick av starkt flyktbehov blev frestelsen för stor.

"Would you like to have dinner with me tonight?"
Det lät i egna öron mycket genomskinligt, och han blev
först förvånad när hon genast tackade ja, för att i nästa
sekund förstå att det var förhoppningar om husaffär
som hägrade.

Han försökte somna på hotellsängen men oron var
för stark och varje gång han vände sig om gav den ur-
åldriga sängen ifrån sig ett skärande jämmer. Sakta
kom han till medvetande om att han under visningen
helt tappat lusten till alltihop, till tanken på att flytta
hit. Känslan av att hon endast var där för att sälja ett
hus han var helt ointresserad av präglade hans hu-
mör under kvällen, han upplevde sitt eget beteende
som ansträngt, vilket hon inte tycktes lägga märke till.
Det var hon som valt restaurang, ett sobert, men inte
lyxigt, dansställe, som av någon anledning fick ho-
nom att tänka på Fellini. Torgny hade aldrig varit nå-
gon hängiven dansare men när de avverkat kaffet
kände han sig tvungen att bjuda upp, om inte annat
för att visa sina brister. Det var en upplevelse! Denna
kvinna klädde sig, pratade och dansade med samma
intensiva hängivenhet, tanken var oundviklig, "Knul-
lar hon på samma sätt?" Med hennes kropp tätt
tryckt mot sig kunde han inte hålla undan sina fanta-
sier kring den möjligheten, vilket hon måste ha
märkt. När han bjöd med henne till hotellet hade han
för länge sen slutat att oroa sig för hennes motiv till
att tacka ja, det hela var ju så uppenbart att ingen be-

hövde förföra eller förföras. De klädde helt enkelt av sig, eller snarare kastade av kläderna och slängde sig på sängen. Torgny drevs till detta mer av förlägenhet än åtrå, en förlägenhet baserad just i bristen på åtrå. När han såg henne stå där i sina raffinerade underkläder så visst åtrådde han henne, hennes kropp, men ändå... det var mer förnuft, snarare oförnuft, än känsla över det hela.

Naturligtvis var hon intensiv, det var en våldsam upplevelse, med erfarenheten och ålderns tröghet till hjälp kände sig Torgny säker på sin förmåga att tillfredsställa en kvinna, men denna kvinnan ville ha mer, när hon kom till insikt att han inte kunde mer började hon skrika "Hit me! Hit me! Hennes skrikande reagerade han inte på då både hon och sängen varit mycket högljudda hela tiden från det att han trängde in i henne, men hennes begäran tolkade Torgny först metaforiskt, som en uppmaning att tränga in i henne igen. Då han inte reagerade rullade hon över i sängen, lutade sig ner mot golvet där hennes kläder låg och kom upp igen med det breda nitförsedda läderskärp hon burit under kvällen. Med en intensivt glödande men inåtvänd, ja nästan frånvarande blick räckte hon honom skärpet.

"Give it to me please!"

I kontrast till yttrandet var hennes stämma nästan befallande. Själv befann han sig fortfarande i ett distanserat tillstånd. Visst hade han givit sig hän men

det var en kontrollerad hängivelse, förnuftet var när-
varande, känslorna fick aldrig överhanden, det var i
detta tillstånd han nu fick en enträgen uppmaning
från en, till ytterlighet, upphetsad kvinna att piska
henne! Detta hade han varit med om förr, men ändå
inte, vilken skillnad på Janes undergivna upphetsning
och detta! Men nu, sittande i sängen med ett läder-
skärp i handen, kände han sig bara löjlig, en känsla
som tilltog efter att han gett henne några håglösa rapp
över brösten. Torgny visste att han inte kunde upp-
amma vad som krävdes för att tillfredsställa henne
och avbröt sig med ett förvirrat försök till ursäkt. Hon
föreföll missuppfatta motivet för att vara moraliskt,
just då brydde han sig inte utan kröp ner under täck-
et och låtsades somna. Mot alla odds somnade han
verkligen och vaknade inte igen förrän på morgonen
och fann henne i djup sömn ligga hårt pressad mot
sig. När hon efter frukost reste sig för att ta farväl
tyckte han plötsligt att det hela fick prägel av ett
affärsmöte, trots att han nu visste att den gångna
natten inte hade något med affärer att göra för hen-
ne.

Resten av veckan blev det mest kasinot, ångesten
trängde på och han orkade inget annat än att fly. Un-
der dessa dagar i Italien stod det alltmer klart för
Torgny att det inte skulle bli någon utlandsbosättning
för hans del, som en blomma som vissnar hade dröm-
men om Medelhavet förlorat all sin färg och prakt,

och det som återstod smulades bitvis sönder för varje ny beröring. Det var två idéer som närt Torgnys framtidstro den senaste tiden. Den om att bosätta sig vid Medelhavet och den om att pensionera sig den kommande sommaren. Nu då drömmen om Medelhavet kändes helt död blev tanken på pension desto mer levande, det var som om förlusten av den ena drömmen behövde kompenseras genom ökad koncentration på den andra. Då utlandsflytten hela tiden varit en förutsättning för pensioneringen kände han sig nu villrådig, hur skulle han få pengarna att räcka om han bodde kvar i Sverige? Skulle han behöva överge även tanken på tidig pension?

Kvällen innan han skulle åka hem låg han på hotellrummet och grubblade. Först tvekade han inför den enda lösning han kunde komma på, då den skulle kräva både snabba och drastiska åtgärder, men samtidigt var han i den situationen att han precis lyckats acceptera nederlaget som de kraschade flyttdrömmarna innebar. Att nu åka hem bara för att börja bekymra sig för ett nytt arbete efter sommaren kunde han bara inte tänka sig, utan alternativ bestämde han sig för att sätta allt på ett kort. Redan samma kväll packade Torgny sitt bagage och redan tidigt nästa morgon infann han sig på resebyråns lokalkontor och meddelade att han inte tänkte åka med dem hem. Istället tog han första tåget till Rom, där han köpte en snabbtågsbiljett till Köpenhamn som medgav uppehåll i Basel. I

103

Basel tog han lokaltåget till Zürich. Målet var att undersöka möjligheten att öppna ett konto i en schweizisk bank. När han anlände till Zürich var klockan så mycket att han blev tvungen att övernatta, via stationens rumsförmedling fick han tag på ett hotellrum tvåhundra meter från stationen på Bahnhofstrasse. Nästa morgon korsade han gatan och gick in på närmaste bankkomplex där han utan problem öppnade ett konto trots att han bara kunde deponera en symbolisk summa vid detta tillfälle. Tillbaka på stationen hade han en dryg timmes väntetid. Nöjd med sig själv och sitt beslut, gick han in på ett av stationens utskänkningsställen och gav sig hän åt ett alltför mäktigt schweiziskt bakverk som han sköljde ner med två koppar svart kaffe.

När han anlände till Köpenhamn hade klockan passerat midnatt, men han hade tur då det var fredag och flygbåtarna hade sena avgångar. Mindre än ett dygn försenad trots den i sista minuten ändrade resvägen! Det var med känslan att ha överkommit alla problem han låste upp sin ytterdörr.

Flykten

R edan första morgonen tillbaka i Malmö gav sig Torgny ut för att fortsätta det han påbörjat tjugofyra timmar tidigare i Zürich. När färdriktningen väl var bestämd och då han redan tagit de första stegen var nu all tveksamhet som bortblåst, han kände sig mycket nöjd och var full av tillförsikt. Han började upptäcka draget av självgodhet långt innan någon annan skulle ha märkt det, upptäckten kom som ett deja vu, detta var alltför välbekant, han distanserade sig, självspeglingen fick en välgörande dämpande verkan. Det fanns ingen anledning att upprepa misstagen från förr, som då han bestämde sig för att för alltid lägga industriarbetaren på hyllan, eller ännu tidigare då han skulle bli hippie och förbättra världen. Vid dessa och andra tillfällen hade han alltid känt detta överdåd, en känsla som i sin brist på verklighetsanknytning alltid ledde till besvikelser. Nu tänkte han inte hamna i samma fälla igen. Alla lockande bilder av klippare och skattemiljonär stuvades undan, nu gällde det att fixa sin pension, inget annat. Torgny visste inte mycket om det han gett sig in på och beslöt att iaktta försiktighet. Genom att ta ut mindre belopp på olika bankkontor och växla dessa på olika Forexkontor räknade han med att inom ett par månader kunna föra ut en större summa euro utan att väcka uppmärksamhet.

I början av året hade han varit i kontakt med försäkringskassan angående sin pensionering. Det skulle inte vara några problem fick han veta, damen ifråga lovade att skicka information om storleken på hans pension tillsammans med nödvändiga formulär. Då det nu gått flera månader utan att han hört något från dem beslöt han att ringa igen, den kvinna han tidigare talat med var nu på långtidsutbildning, istället kopplades han till den som övertagit hennes uppgifter. Denna nya dam visste inget om Torgnys ärende, efter en del palaver gick hon med på att han skulle komma upp på kontoret och försöka reda ut det hela. Det visade sig medföra en del oförutsedda problem att ta ut sin pension, i alla fall innan han fyllt sextiofem. I en uppfordrande ton fick han nu veta att det skulle bli svårt att hinna få igenom ärendet till den första juli, den dag han tänkt som pensionsdag. Att tidsnöden uppenbarligen berodde på brister i deras organisation tycktes gå damen spårlöst förbi och han orkade inte argumentera, hon påminde honom om Gunilla, kanske var hon något yngre, men klädseln och språket kändes alltför välbekant. "Den här arbetsplatsen tar nog kål på folk", tänkte han, och kände ba-

106

ra lust att förkorta besöket så mycket som möjligt. Efter ytterligare väntetid och flera telefonsamtal blev det så äntligen fastlagt att han skulle kunna gå i pension den första augusti.

Några veckor senare — Efter att ha jobbat två nätter i rad och sovit nästan hela dagen — vaknade Torgny och kände sig less på alltihop, han upplevde det som om all tid sedan italienresan gått åt till ett ändlöst springande mellan banker, växlingskontor och försäkringskassan. I ett försök att fly alltihop tog han flygbåten över till Köpenhamn. Utan mål klev han på en buss som förde honom ut mot Vesterbro, vid Hovedbanegården klev han av. Det var ännu tidig kväll och han beslöt att äta något på en av stationens restauranger för att under tiden fundera över vad han ville med kvällen. Det måste ha gått tio år sedan han var där senast och stället såg precis likadant ut, han tyckte sig till och med känna igen bufféns komposition, matsedeln innehöll inga lockelser. Han satsade på bufféen och en flaska rödvin, Trots den något torftiga atmosfären och maten kom han på sig med att trivas, eller kanske var det just atmosfären som fick honom att känna så. Här fann han en internationell vardagsatmosfär som han saknade i Malmö, här var man helt befriad från trendkänslighet, man serverade mat på dukade bord och detta gjorde man med professionell finess och artighet.

När han en timme senare reste sig för att gå hade han fortfarande ingen aning om vart han skulle ta vägen. Han lämnade vänthallen i riktning mot Vesterbrogade, mörkret hade just lagt sig över staden och där han stod kunde man till höger se Tivoli och familjeturisterna som var på väg hem, åt vänster såg man den fula stentrappan som ledde ner mot Istedgade, trafiken i den riktningen bestod mest av missbrukare. Han slogs av att man från denna plats — utgången mot Banegårdspladsen — på mindre än hundra meters avstånd kunde se två av stadens kanske yttersta kontraster. På ena sidan "Wonderful Copenhagen" och på den andra "Narkobyen". Torgny gick åt vänster ner för trappan men hade ingen lust att fortsätta in på Istedgade istället gick han ut på Vesterbrogade mot Vesterport och in på Gammel Kongevej. Det var många år sedan han var på Waterloo, han visste inte ens om det fanns kvar — inte förrän han såg den bekanta neonskylten. Från utsidan såg det ut som alltid, utan att veta vad han sökte eller förväntade sig finna där inne beslutade han sig för att gå in. Trots den långa tid som förflutit sedan han var där senast tyckte han att allt såg likadant ut, det var som om tiden stått stilla. Till och med stripporna skulle kunna vara desamma, dessa internationella kroppsförsäljerskor som för en ambulerande tillvaro mellan Europas alla nattklubbar. Torgny hade alltid beundrat dem för den professionalism de besitter, de dansar, sjunger, konverserar och, om så önskas, knullar med en förbluffande elegans. Som ung förundrades han alltid över deras utseende. De allra flesta ägde en medfödd skönhet som fick dem att märkas i vilket sällskap som helst, och han kunde aldrig förstå varför så vackra flickor måste prostituera sig, det borde ju inte vara svårt för dem att finna en rik man att gifta sig med om det bara var pengar de var ute efter. Det var först senare han insåg att deras motiv var mer invecklade än så.

Det var tidigt och lokalen var nästan tom, han hann knappt sätta sig innan det dök upp en mycket vacker kvinna med ett fantastiskt kastanjefärgat hår och erbjöd sitt sällskap. Torgny visste mycket väl att det var ett dyrt sällskap hon erbjöd, men nu kändes det totalt befriande att tacka ja till hennes erbjudande som ett slags trots mot vardagens realiteter. När hon först kom emot honom gissade han att hon var ryska men så snart hon började prata avslöjade hon en tydlig skotsk accent. Det fungerade, hennes vackra strömlinjeformade sällskap och den allmänt hallucinatoriska stämningen fick vardagen utanför att blekna bort, hennes leende fick hans bekymmer för pengar och pension att smälta bort som is i solsken.

Det var blek gryning när han lämnade stället, den tiden på morgonen då staden sov och gryningssolen ännu inte hunnit jaga iväg den friska nattluften, den tiden då man under en kort stund kan ha den unika erfarenheten av ren luft i centrum av en storstad. Vid Vesterport fann han ett ställe som serverade morgenmad. Ännu en gång blev han uppmärksam på hur fantastiskt gott några rundstycken och lite kaffe kan smaka efter en hel natt på drinkar. Då han upplevde sig ha gott om tid när han lämnade serveringen valde han att gå bort mot Glyptoteket och därifrån vidare ner på Ny Kongensgade och genom Det Kongelige Biblioteks vackra park för att nå hamnen. Det var en halvtimme till avgång när han nådde Flygbåtsterminalen. Torgny köpte en biljett i kassan och en pilsner i shoppen och satte sig utanför på kajkanten och lät sig bländas av solspeglingarna i det svarta vattnet. Där blev han sittande till just innan båten skulle avgå.

Då det var lördag och pendlarna lyste med sin frånvaro var båten nästan tom när han kom ombord. Just när han skulle sätta sig ner hördes ett förvånat utrop snett bakifrån, "Hej!" Själv förvånad då han inte sett någon sitta där när han passerade vände han sig om för att mötas av Ulrikas vackra leende.

”Vad gör du här vid denna tid på morgonen?”

”Jag behövde lite omväxling och tog en krogsväng i Köpenhamn.”

”Så du har varit uppe hela natten?”

”Ja.”

”Det syns inte”

”Jag har just ätit frukost och tagit mig en promenad hit. Det hjälpte nog.”

”Jaha.”

De hade blivit lika överraskade båda två och visste inte riktigt vad de skulle säga till varann. Torgny hade inte talat med Ulrika sedan den där första gången förra hösten då de träffades på Mäster Hans. Då hon uppenbart var ensam slog sig Torgny ner bredvid henne, pinsamt medveten om nattens whisky och kajkantens pilsner önskade han att han haft en Läkerol i fickan.

"Det är ett tag sen vi sågs, hur är det med dig?" började Ulrika.

"Det har hänt så mycket under hösten och våren. Det känns som en evighet sedan vi träffades. Sist jag pratade med Angelica var innan jul."

"Då vet du inte att hon flyttat?"

"Nej."

"Det är väl en månad sen."

"Jaha, fungerade det inte?"

"Nej, det blev för mycket strul under våren. Vi var för olika, jag hade svårt för hennes bohemiska sida och hon tyckte att jag var en perfektionist. Det var ofta bråk om pengar, det är svårt när en alltid har pengar medan den andre aldrig har några, när hon så blev arbetslös förvärrades problemet."

"Är hon arbetslös, hur gick det med hennes salong?"

"Hon blev tvungen att avveckla sin rörelse, pengarna räckte inte till att betala skulderna. Hon träffade en kille, jag vet inte när, hon sade inget till mig. Hur som helst blev hon tydligen förälskad och sedan gick det fort, hon ringde till mig i Århus och berättade om honom och att hon tänkte flytta, när jag kom hem fjorton dagar senare var hon borta."

"Typiskt Angelica! Jag hade börjat betvivla hennes

möjligheter att finna sin plats i världen, men efter att ha träffat er båda hoppades jag nog lite... Jag vet inte, att du skulle kunna vara den motvikt som kunde balansera hennes liv kanske... Hur känner du dig då?"

"Vårt förhållande var nog mycket trygghet och bekvämlighet. Där fanns en närhet och en värme mellan oss som jag aldrig upplevt tidigare, men det var aldrig som en riktig förälskelse."

Ulrika reste sig för att hämta en kopp kaffe. Han märkte att hon inte ville prata om deras förhållande, när hon återvände undvek han ämnet och började kallprata om bron som de kunde se genom fönstret.

"När båda broarna är klara måste det innebära många timmars snabbare resväg för dig."

"Jo, det har ju blivit mycket bättre sen de öppnade Storabältsbron. Egentligen har jag inte tänkt så mycket på det, jag funderar nog mest på att återvända till Malmö... Nej, nu får du berätta lite om dig själv. Skulle inte du flytta till Spanien?"

"Det blev inget. Jag var nära att köpa ett hus i Italien, men ändrade mig i sista minuten. Plötsligt insåg jag att det hela bara var ett försök att fly, en strategi jag alltid använder men inte tror på, när man bryter upp skall det vara till något nytt och inte bara från något gammalt."

"Du har antagligen rätt. Att jag jobbar i Århus beror nog från början på ett behov att komma ifrån Martin. Nu har jag varit där mer än ett år utan att lära mig trivas i Danmark, jag borde återvända hem, men nu har jag vant mig vid den högre lönen."

"Pengar! Ibland tror jag att de är till mer skada än nytta." Det var ett spontant yttrande. Han insåg att det lät lite drastiskt och försökte översläta det med ett skratt samtidigt som han bytte ämne. Det var något Ulrika sagt som plötsligt fått honom på andra tankar. Martin!

"Jag har haft för avsikt att ta kontakt med dig i flera veckor, men det har aldrig blivit av. Det gäller Martin, jag tror att jag mötte honom när jag var på väg till Italien."

"Martin, du känner väl inte honom?"

"Nej, det är just det, jag vet inte om det var han."

"Varför tror du att det var han?"

"Jag hamnade bredvid en kontaktsökande kille på planet som berättade om sitt avslutade förhållande. Han var i din ålder, han pratade om en sjuksköterska som hette Ulrika.

"Hur såg han ut!"

Torgny beskrev den unge mannen så gott han kom ihåg honom. Det var först nu när Ulrika nämnt Martins namn som han kom ihåg händelsen, det hade hänt så mycket i och efter Italien att han totalt glömt bort hela saken.

"Det är Martin!"

"Är du säker?"

"Ja visst, helt säker. Det är han. Vad säger du nu om ödets nycker? Vilken slump att ni båda skulle hamna bredvid varann på charterresa," retades Ulrika.

"Jag vet. Jag tänkte på vårt samtal om ödet när detta hände. Det var onekligen ett särdeles märkligt sammanträffande."

Plötsligt såg han vågbrytaren vid inre hamnen passera förbi fönstret. Redan framme? Detta måste ha varit en av de snabbaste överfarterna han upplevt. Han hade märkt det redan vid deras första möte, Ulrika var en person som han trivdes att prata med, en känsla som förstärkts ytterligare de senaste fyrtiofem minuterna.

"Skulle du tycka att det var underligt om jag bad att få träffa dig igen?"

Hon kunde inte helt dölja reaktionen, en eftertänksamt frågande blick, men svarade obesvärat.

"Nej, det kan vi väl göra."

"Hur många dagar är du hemma?"

"Till och med onsdag."

"Skulle vi kunna äta middag på Brogatan på tisdag kväll?"

"Det går bra för min del."

Bron

U lrika ringde samma dag som de skulle träffas och frågade om han kunde tänka sig att äta hemma hos henne istället, hon kände plötsligt sådan lust att laga god mat och bjuda hem någon, sade hon. Torgny tackade gärna ja, då han var mer intresserad av hennes sällskap än av restaurangbesöket. Efter samtalet kunde han först inte släppa tanken att hon ville undvika att bli sedd med honom, den före detta flickvännens pappa, men samtidigt ville hon ju träffa honom, Torgny kände sig nöjd.

I en bländande vacker orange snäv klänning tog hon emot i en smakfull lägenhet med strikt och välbalanserad inredning. "Hon har verkligen ansträngt sig", tänkte han när han fick se middagsbordet.

"Du får inte tycka att jag överdriver men det var bara så oemotståndligt att få göra något extra. Det är jättelängesen jag bjöd på middag här hemma, det här långpendlandet är en katastrof för det sociala livet. Det är så dyrt att ringa till Danmark och efter ett tag märker man att ingen ringer en och när man sen kommer hem över helgen är vännerna upptagna på annat håll."

"Umgås du med någon i Århus?"

"Nej, inte mycket. Jag har känslan av att där bli betraktad som gästarbetare. Många av mina gamla svenska vänner och danska arbetskamrater har sina familjer och reflekterar väl inte över vänskap med någon som i deras ögon lever i kappsäck."

Så snart de satt sig till bords började de prata på som om båda var rädda för tystnaden, eller kanske för att den andre skulle säga något om Angelica. Först senare insåg han att de inte nämnt henne en enda gång under kvällen. Ulrika var så inspirerande och vacker, varför skulle han tänka på Angelica i hennes sällskap? Och hon nämnde ju inte själv Angelica, vad som än fört dem samman så inte var det hans dotter. Det var snarare en man i övre medelålder och en vacker kvinna hälften så gammal som han, inte Angelicas pappa och hennes före detta partner, som nu åt middag tillsammans. De började prata om Martin. Torgny berättade om deras möte på planet till Italien. Om hur han upplevt honom, att Martin verkade att vara inne i en kris.

"Jag vet, "sade Ulrika.

"Har du haft kontakt med honom ?"

"Nej, men jag vet ju vilken kris han genomgått. Pratade vi inte om det på Mäster Hans?"

"Inte vad jag minns. Du berättade att något hänt dig som hade med Martin att göra och att detta var dagen innan du träffade Angelica, men jag kan inte minnas att du sade något om Martin.

"Jag trodde att jag berättat, men visst berättade jag om mitt förhållande med Martin."

"Bara att du varit ihop med någon ganska länge, tror jag. Jag tror inte att du nämnde hans namn den gången, det var därför jag blev så osäker när jag träffade honom, jag kunde inte veta om det var han... Han har aldrig förstått varför du lämnade honom."

"Jag vet! Jag försökte förklara men det var hopplöst, det kändes som om jag aldrig stått på egna ben. Det hade hänt så mycket under de åren, jag var inte längre den tjej som en gång flyttade in hos Martin, jag visste att jag måste komma ur vårt förhållande, men det tog lång tid innan jag bestämde mig för att ta steget. Det var först när jag fick jobbet i Danmark, det blev signalen som fick mig att våga språnget. Något som jag aldrig ångrat, även om det sedan inte blev som jag hoppades."

"Du har tiden framför dig."

"Ibland känns det inte så."

"Nu måste du berätta vad som hände den där dagen, innan du träffade Angelica."

"När jag började jobba i Danmark varken såg eller hörde jag något av Martin. Jag ringde honom några gånger men han var mycket avvisande. Det gick nästan ett helt år innan han plötsligt och helt oväntat kliver in i mitt liv och då som en katastrof. Det var en lördagskväll. Jag hade tagit tåget från Århus, direkt efter att ha jobbat natt hela veckan. Det var som vanligt jobbigt, men jag hade vanan inne och brukar kunna få några timmars sömn på tåget. Men den dagen var det fel på en av storabältsfärjorna och tåget var mer än två timmar försenat till Hovedbanegården. Klockan var tio på kvällen när jag äntligen kom till Malmö, det enda jag då ville var att få lägga mig i min säng, jag kände mig lockad att ta en taxi men visste att det kunde bli problem med danska pengar och beslöt att växla på Centralen och ta bussen hem. Jag lade genast märke till en viss uppståndelse vid östra utgången, när jag klev in i centralhallen. Det var dock inte förrän jag växlat och var på väg ut som jag såg, eller rättare sagt hörde, Martin. Jag kände igen rösten och såg nu att det var Martin som var omhändertagen av två poliser. Jag blev förskräckt när jag såg hans blick, han verkade helt hysterisk, när han såg mig trodde han tydligen att det var en hallucination, och hans redan förvirrade beteende blev ännu värre. Jag blev själv vettskrämd av att se honom sådan och ropade till, han närmast hängde mellan två stora poliser, när jag ropade riktades blickarna mot mig. Den ene polisen frågade om jag kände honom och förklarade att Martin var kraftigt berusad och verkade förvirrad. Jag försökte fråga Martin vad som hänt, men

118

han tycktes skräckslaget uppfatta allt som en ond dröm och fortsatte sitt högljudda svammel, tillsynes utan att uppfatta frågan, han var i ett sådant tillstånd att det föreföll utsiktslöst att försöka nå fram till honom. Han var inte bara berusad, det var något annat, jag förstod att han måste till en läkare. När poliserna började släpa honom mot utgången försökte jag övertala dem att köra honom till MAS. Det var som om luften gick ur honom när de kom ut på gatan och utan större besvär fick de in honom i bilen, jag gav dem Martins namn och adress och fick dem att lova att inte köra honom hem, de försäkrade att de skulle köra honom till akuten.

Morgonen därpå ringde jag växeln på MAS och fick bekräftat att Martin fanns inlagd. De kopplade mig till psykens akut där avdelningssköterskan inte kunde ge mycket information, hon visste bara att han blivit inlagd för observation, att han fått lugnande medel kvällen innan och att han sovit sen dess. Hon bad mig återkomma senare under dagen, efter ronden skulle man veta mer. Jag ringde först nästa dag och fick då beskedet att Martin skulle skrivas ut nästa morgon. Efter stor tvekan bestämde jag mig för att inte söka upp honom, istället återvände jag till Århus. Vad som sen hände honom visste jag inget om, inte förrän jag träffade dig på båten.

Ja, det var vad som hänt mig kvällen innan jag träffade och pratade med Angelica för första gången och om jag säger att mötet med henne gjorde min arbetsvecka lättare, ja kanske rentav uthärdlig, tror jag du förstår. Betydelsen av att i rätt ögonblick träffa rätt människa och samtidigt i detta ögonblick vara öppen för mötet var väl vad jag ville förmedla den där gången på Mäster Hans."

"Det är inte svårt att förstå vilket tillstånd du befann dig i dagen efter en sådan händelse. Det är väl konstigt att man skall behöva genomgå ett trauma för att kunna öppna sig. Det du säger är att om inte denna förskräckliga händelse med Martin ägt rum hade du kanske aldrig träffat Angelica, aldrig fått kontakt med henne menar jag?"

"Jag skulle uttrycka mig annorlunda, men det ligger något i vad du säger."

"Ja, missuppfatta mig inte. Jag förstår vad du menar, jag har själv samma erfarenhet."

Efter att ha suttit vid matbordet i nästan två timmar reste sig Torgny för att besöka toaletten. När han återvände satt hon kvar, han ställde sig bakom henne, det kortklippta håret blottade hennes hals och nacke. Han övermannades av lusten att kyssa henne på halsen, lade sin hand på hennes axel och böjde mig ner, men modet svek. I sista sekunden blev det till en puss på kinden och ett artigt tack för en underbar måltid. Han dröjde dock kvar lite för länge med ansiktet tätt inpå hennes hals och insöp doften av henne. Hon satt helt stilla. I det ögonblicket var han övertygad om att hon visste vad som pågick.

Ulrika frågade om han ville ha en kopp kaffe, han tackade ja och slog sig ner i soffan. Under kaffet fortsatte samtalet, det var mest hon som pratade. Torgny hade svårt att koncentrera sig, det gick inte att slita blicken från hennes vackra hals som doftat så underbart gott. Hans huvud kändes fyllt, av en enda tanke, var hon verkligen intresserad? En retorisk fråga då han redan visste svaret. Hennes outtalade respons vid bordet kunde inte misstolkas. Hon skulle inte säga nej. Inte för att hon i honom såg en partner, skälet var ett annat, ensamhet, sex, fascination, han visste inte vilket och borde inte bry sig, men brydde sig, som vanligt. Brydde sig om henne, om följderna, han tyckte verkligen om Ulrika! Nu hände något som han börjat vänja sig vid sedan Italienresan, känslan av meningslöshet infann sig. Att tillbringa natten i Ulrikas säng framstod nu plötsligt bara som en upprepning av ett beteendemönster som han fått nog av. Torgny kunde inte dölja sitt plötsliga känslobyte. Han märkte hennes förvirring, kanske trodde hon att det var Angelica som stod i vägen. Det var svårt att finna stämningen igen och Torgny fann det för gott att avsluta kvällen. De skiljdes med ett ärligt och uppriktigt löfte att hålla kontakten.

I början av juli flög han till Zürich över dagen och arrangerade sin ekonomi så att den skulle vara självgående de närmaste åren, om inget oförutsett inträffade. Hela resan hade något overkligt över sig, tanken på en framtid vid någon medelhavsstrand hade ju förbleknat vid kontakt med verkligheten, men hade till en början ersatts av en nästan triumfatorisk känsla av att ha överlistat denna verklighet. Vartefter tiden gick bleknade denna känsla alltmer och frågan kändes till slut helt ointressant. Nu blev denna bankaffär bara till en oundviklig nödvändighet som han ville ägna minsta möjliga tid.

Han åkte hemifrån med avsikten att för första gången ta tåget från Malmö till Kastrup — Den nya Öresundsbron hade öppnat veckan innan, men tågen var kraftigt försenade och han blev tvungen att ta flygbåten för att inte missa flyget. Hemresan blev således premiärtur på den nya bron. På inflygningsvarvet över Lommabukten ner mot Kastrup, såg han då för första gången den nya bron och Pepparholmen belyst av Öresunds soldränkta vatten, äntligen stod den så färdig! Det var med en viss spänning han såg fram mot premiärturen.

Väl ombord på Öresundståget ville glädjen inte infinna sig. Nu var han då äntligen på väg över bron, den bro han hoppats och väntat så mycket på, som man väntar på en ny tid, en tid som äntligen skulle bryta den långa och tråkiga utveckling som Malmö tvingats uppleva, och nu kändes det hela bara som ett präktigt antiklimax. Det blev inte bättre när en korpulent kvinna iklädd overall av östtyskt snitt kom och ställde sig att stirra på honom, samtidigt som hennes schäfer nosade runt bland bagaget. Den svenska tullen! "De obetydligas förträffliga säkerhet"! Vem sa det? Kanske Cioran, han var inte säker. I vilket fall, kvinnan framför honom var ett praktexempel. Torgny vände bort blicken och tittade ut. Långt där nere strömmade vattnet genom sundet som det alltid gjort. Det som hänt honom där i huset söder om Rimini var mer än en brusten illusion, det var den sista försvarsmuren som rasade. Plötsligt stod detta klart för honom, där mitt på bron, hundra meter över sundets svarta vatten och han kände en stark önskan att befinna sig någon annanstans.

SLUT

Innehåll